# 천 개의 죽음이 내게 말해준 것들

# 천 개의 죽음이 내게 말해준 것들

고칸 메구미 지음
오시연 옮김

—

16년간 1000명의 환자를 떠나보낸
간호사가 깨달은 후회 없이 죽음을 맞이하는 법

웅진 지식하우스

**일러두기**

이 책에 등장하는 환자와 가족들의 이름은
한 명을 제외하고 전부 실명이 아님을 밝힙니다.

들어가며:

# 우리 모두는 죽음을, 소중한 사람과의 이별을 준비해야 한다

"말이 씨가 되는 법이에요. 그런 소리 하지 말아요."

"에이, 재수 없게……."

"죽음이라니 생각하기도 싫어요."

사람들은 보통 자신의 죽음이나, 가까운 사람과의 영원한 이별에 대해 곰곰이 생각해보기는커녕 이야기를 나누는 것조차도 꺼린다. 하지만 16년 동안 간호사로서 수많은 죽음을 마주하고, 생과 사의 경계에서 이런저런 것을 후회하는 본인과 가족들을 지켜본 나는 생각한다.

과연 그래도 되는 걸까?

죽음은 결코 떼려야 뗄 수 없는 우리 생의 마지막 지점이다. 말도 꺼내기 싫은 재수 없는 것이 아니라 이른바 '인생의 종착역'인 것이다. 누구나 인생의 종착지에 순조롭게 도달하고 싶어 한다.

당신도 인생의 마지막 순간에 만반의 준비를 하고 아무런 후회도 남기지 않고 홀가분히 떠나고 싶지 않은가?

끝이 좋으면 모든 것이 좋아진다. 물론 현실에서는 여러 고비가 있을 수도 있다. 죽음에 대한 준비를 하지 않았거나 자신에게 어울리는 죽음을 미리 생각해보지 않았던 탓에, 어정쩡한 방식으로 타인에게 마지막을 맡겨버리는 경우가 생각보다 많다. 그렇게 되면 떠나는 사람의 인생을 결정해야 하는 가족 역시 심리적 부담을 느끼게 되고, 이는 갈등을 낳거나 그들의 인생에 그늘을 드리우기도 한다.

앞서 말했듯 나는 간호사로서 16년이 넘는 시간을 일했다. 특히 2007년부터는 요양 병동에서 일하며 1000명이 넘는 사람들의 종말기를 함께했다. 종말기는 질병이나 노화, 사고 등으로 인해 죽음으로 향하는 인생 최후의 시기를 말한다. 그렇게 죽음을 대하는 환자의 자세와 이별을 준비하는 가족들의 다양한 모습을 지켜봤다.

마지막까지 행복해하며 평온히 죽은 환자,

반대로 아주 괴로워하며 죽은 환자,

소중한 사람의 갑작스러운 죽음을 받아들이지 못해 울부짖는 가족…….

천 번이 넘는 죽음을 누구보다 가까이 지켜보며 나는 '어떻게 하면 행복한 마지막을 맞을 수 있을지' 생각하게 됐고 마침내 그 힌트를 찾아냈다.

하지만 간호사인 내가 아무리 이런 고민을 하고 노력한들, 환자에게 그런 의지가 없으면 모든 것은 수포로 돌아간다. 아무리 조언해봤자 듣기 좋은 말로 끝날 뿐이다. 결국 후회 없는 죽음을 맞이하기 위해서는 환자가 적극적으로 자신의 죽음을 깊이 생각하는 것은 물론, 가족들과 건강할 때부터 죽음에 대해 대화하는 과정이 반드시 필요하다. 그 과정 없이는 아무리 머릿속으로 시뮬레이션을 해본다 해도 막상 그 상황이 닥쳤을 때 갈등이 생긴다.

예를 들어 환자가 입원하면서 연명치료를 받지 않겠다는 뜻을 밝혔다고 하자. 환자와 가족은 '분명히 의사표시를 했다'고 말할지도 모르지만 현실은 그렇지 않다. 연명치료에는 여러 가지 관점과 해석이 존재하기 때문이다. 환자가 의식을 잃고 누워 있는 상태에서 시행하는 모든 치료가 연명치료라고 생각하는 사람도 있고, 응급 상황에서의 기본적인 구급 조치조차 연명치료라고 생각하는 사람도 있다. 이렇듯 연명치료에 대한 생각은 백인백색 다른 정의를 갖고 있다.

당신은 오로지 목숨을 부지하기 위해 어떤 일까지 할 수 있는가?

본인이 생각하는 연명치료와 가족이 생각하는 것, 간호사나 다른 의료진이 생각하는 연명치료가 전부 다르다고 해도 과언이 아니다. 그래서 의료 현장에서는 종종 이런 일이 벌어진다.

"아버지께서 연명치료를 원하지 않는다고 하셨습니다. 그러니 연명치료는 필요 없어요."

그렇게 말하는 가족들 옆 침대에는 당사자인 환자가 온갖 튜브에 연결돼 초점을 잃은 눈으로 천장만 응시하고 있었다. 나는 속으로 생각했다.

'지금 이미 연명치료를 받고 계시지 않은가…….'

입 밖으로 내뱉고 싶었던 순간도 수없이 많았다.

이런 인식의 차이를 없애려면 환자와 가족들, 의료관계자가 허심탄회하게 대화하고 자신의 생각을 계속해서 공유해야 한다.

연명치료를 비롯한 모든 의료 행위는 환자가 원하는 대로 살 수 있게끔 도와주는 수단이어야 한다. 그런데 언제부터인가 모든 의료 행위가 그저 '죽지 않도록' 하는데 초점이 맞춰져 버렸다. 치료 자체 수단이 아닌 목적으로 변질된 것이다.

내 인생의 주인공은 당신이다.

선택권은 언제나 당신이 쥐고 있다.

죽는 순간까지 그 사실을 잊어서는 안 된다.

마지막 순간까지 어떻게 살고, 어떻게 마무리할지는 스스로 생각해야 한다. 의료 행위는 단지 그것을 돕는 수단일 뿐이다.

언제부터인가 나는 많은 사람이 이미 늙고 병들어 여기저기 아픈 몸으로 병원에 입원한 뒤에야 이런 고민을 한다는 것을 알았다. 그때가 되면 시기적으로 평온한 죽음을 준비하기에 늦어버리고 만다. 앞서 말했듯 죽음이란 건강할 때부터 가족들과 함께 의논해야 하는 것이다.

나는 우연한 기회에 '의료진은 환자의 입장에서 의료 행위에 나서야 한다'며 개선 활동을 하는 사람을 알게 됐다. 그는 강연회에서 "현명한 환자가 되어 의료진과 함께 바꿔나갑시다!"라고 외쳤다. 그의 말에 완전히 동의한다. 죽음을 의료진에만 맡겨놓는다면 아무것도 바뀌지 않는다. 병원 안과 밖, 의사와 환자 양쪽 모두가 노력하고 바뀌어야 한다.

나는 그 강연을 통해 '누군가의 말이 이렇게 강한 호소력을 가질 수도 있구나' 하고 감동했다. 그래서 나 역시 수많은 환자의 죽음과 그 죽음을 지켜보는 가족의 태도를 바라보며 깨닫게 된 '인생의 마지막 시기를 후회 없이 보내는 방법'에 대해 강연을 하기로 했다. 다시 한 번 말하지만 죽음은 환자뿐만 아니라 남겨질 가족에게도 매우 중요한 문제이기 때문에, 우리는 건강할 때부터 생에 마지막 시기를 지내는 법을 가족과 충분히 의논해야 한다.

나는 간호사로서의 경험을 활용해 그에 필요한 지식과

기술을 제공하고 공유하는 커뮤니티를 만들기 위해 전국에서 강연회를 열고 병간호를 주제로 한 토크 이벤트를 열었다.

어느 날 가족을 간병하고 있는 사람이 이벤트에 찾아와 말했다.

"간호사님 강연을 듣고 마음의 준비를 한 덕분에 차분히 가족을 돌볼 수 있었어요."

또 예전에 아픈 가족을 돌본 경험이 있는 사람들은 이렇게 말하기도 한다.

"예전에는 조금 더 잘해줄 걸이라는 후회만 남아 괴로웠는데……. 비로소 마음이 조금 편해졌어요."

이 책에는 내가 병원 안에서는 환자와 그 가족들에게, 밖에서는 강연회에 찾아와준 많은 사람에게 계속해서 이야기하는 모든 것들이 담겨 있다.

내가 지켜본 수많은 죽음을 통해서 인간이 죽을 때 가장 후회하는 것을 이야기하며, 이를 통해 남겨진 우리들은 조금 더 잘 살기 위한 해답을 찾을 수 있다. 또한 평온한 죽음을 맞이하기 위한 실질적 조언부터 남은 시간을 가치 있게 보내기 위해서 서로가 해야 할 일까지 다양한 사례를 통해 최대한 자세히 담아내려고 노력했다.

나는 모든 이가 '이만하면 꽤 괜찮은 인생이었어'라고 삶을 추억할 수 있길 바란다.

'마지막 시기를 이렇게 보내서 다행이야'라고 생각할 수 있도록 죽음과 사이좋게 공존하는 시대를 만드는 것이 내게 주어진 사명이라고 생각한다.

이 책이 행복하고 편안한 죽음을 맞이하는 힌트가 되고, 가족을 비롯해 환자를 돌보는 모든 이들의 마음을 어루만져준다면 더할 나위 없이 기쁘겠다.

12월의 어느 날,

고칸 메구미

차례


들어가며 우리 모두는 죽음을, 소중한 사람과의 이별을 준비해야 한다

**Part.1 떠나는 사람**
**이제야 깨달았다, 인생이 이토록 짧다는 것을**

1장. 비로소 죽음을 마주하다

고맙다는 말은 빠를수록 좋다 21
인간은 언제 죽게 되는 걸까? 27
100살까지 살겠다는 약속을 지켜낸 엄마 33
생의 마지막 보금자리는 어디로 하시겠습니까? 39
고독사는 정말로 불행한 죽음인가 42
* **죽을 때 가장 많이 하는 후회 10가지** 46

2장. 어쩌면 생에서 가장 단단해지는 시간

존재만으로도 힘이 되는 사람을 추억하며 51
사랑하는 이의 간절한 마음은 죽음의 시간조차 늦춘다 55
숨이 멎는 순간을 '임종'이라고 단정 지을 수는 없다 59
마지막까지 사람들이 곁에 있는 사람, 아무도 없는 사람 63
병동에서 자살한 어느 암 환자의 이야기 67
슬픔은 그만큼의 사랑이 있었다는 증거 72
음식을 먹는 것조차 축복일 줄이야 76
생애 마지막 촛불이 타오를 때 80

## 3장. 더 오래 살기 위해 당신이 포기해야 할 것들


죽을 때가 되어서도 죽지 못하는 사람들 89
과도한 연명치료는 모두를 불행하게 한다 94
"연명치료는 원하지 않습니다"라는 말의 함정 96
그저 살아남기 위해 어디까지 할 것인가? 98
구급차를 부르기 전에 알아둬야 할 점 100
이토록 '평온한' 죽음이라니 106
마법같이 상태를 호전시키는 약은 어디에도 없다 110
죽음과 편안하게 공존하는 시대를 위하여 118
죽을 때만큼은 남들 시선 신경 쓰지 않기를 121


**Part.2 남겨질 사람**

# 괜찮다, 당신이 떠나도 나는 담담히 나의 삶을 살아갈 테니

## 4장.후회, 죄책감, 상처로 얼룩지지 않는 이별을 위하여


부모의 임종을 지키지 못하면 불효자일까? 131
사람은 누구나 '죽을 때'를 선택한다 133
특별한 일을 해주기보다는 그저 곁에 있어주는 것이 좋다 136
말이 통하지 않는 환자와 대화하는 법 141
집에 가고 싶다는 엄마의 마지막 부탁 143
소중한 사람을 보내기 위해서는 특별한 각오가 필요하다 149
부모가 죽고 난 뒤 꺼내야 할 첫마디 152
사랑하는 이의 죽음을 받아들인다는 것 157
"오늘은 주무시고 가는 게 좋겠어요"라는 말의 의미 160
의료진이 당신을 차갑게 대하는 이유 163
'죽지 않도록' 사는 삶은 의미가 없다 166

## 5장. 마지막 여행을 떠나는 사람이 진정으로 바라는 것


존엄: 대장암 말기 환자를 움직이게 한 의외의 말 173

사랑: 죽기 전에 가장 보고 싶은 사람은 누구일까? 176

추억: 부디 나를 잊지 말아요 181

인정: 의미 있는 인생이었다고 말할 수 있는가 183


## 6장. 우리는 조금 더 잘 살기 위해 죽음을 배워야 하는지도 모른다


내가 죽을 때는 누가 곁에 있어줄까? 191

죽기 전까지 치열하게 싸워야 하는 이유 197

때로는 병이 인생의 선물이 된다 201

반신불수 환자를 일으킨 의외의 한마디 206

죽음은 어느 날 갑자기 찾아온다 212

세상에서 가장 평범하고 가장 간절한 리키의 소원 216

죽기 직전의 나에게 쓰는 편지 221

**마치며** **천 개의 죽음이 내게 알려준 것** 223

**죽음이 가까워지면 어떻게 될까?** 229

**참고문헌** 231

Part.1

떠나는 사람

# 이제야 깨달았다, 인생이 이토록 짧다는 것을

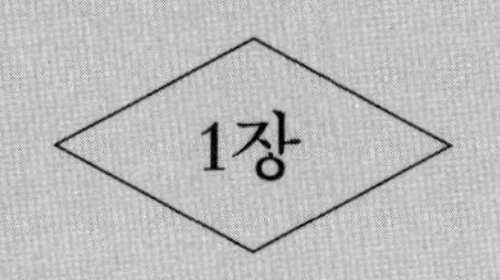


# 비로소
# 죽음을 마주하다

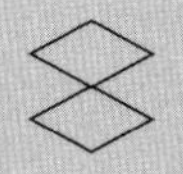

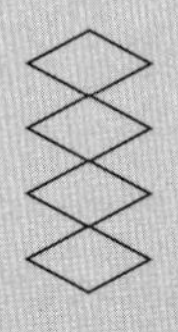

## 고맙다는 말은 빠를수록 좋다

'에이, 말 안 해도 다 알겠지.'

'쑥스럽게 뭘 그런 걸 말로 해.'

당신은 고맙다는 말을 자주 하는 편인가? 고마운 마음을 전해야 할 때, 많은 사람이 이렇게 생각한다. 특히 60대 이상의 남성은 대부분 그렇다. 가족이나 친구처럼 소중한 관계일수록 감정을 표현하지 않거나 말을 아낀 탓에 '저 사람은 우리한테 관심이 없네', '나만큼 우리의 관계를 소중하게 생각하지 않는구나'라고 오해하는 경우가 많다.

그러나 가까운 사이일수록 가장 많이 해야 하는 말이 바로 '고마워'이다.

간암 말기 환자인 60대 겐이치 씨는 기력이 떨어져 하루 중 대부분을 잠들어 있었다. 암세포가 이미 뼈까지 전이된 상태였고, 호흡은 당장이라도 끊어질 듯이 얕고 가늘었다. 겐이치 씨는 원래 몸집이 크고 투박한 성격의 소유자였다. 지금은 앙상하게 뼈만 남아 왕년의 모습을 찾아볼 수 없었지만 말이다.

그날은 겐이치 씨가 웬일로 깨어 있었다. 하지만 그러나 간호사로서 16년간 일해온 내 직감이 말했다.

그는 이제 곧 말을 할 수 없게 되겠지…….

나는 일부러 그의 아내가 있는 자리에서 입을 열었다.

"사모님이 참 다정하시네요. 때로는 고맙다고 말씀 좀 해주세요."

겐이치 씨의 아내는 하루도 빠지지 않고 병원에 왔다. 겐이치 씨보다 몇 살 어려 보이는 작고 여린 소녀 같은 분이었다. 겐이치 씨가 말했다.

"음, 그런 말을 뭘 벌써 해."

참으로 그 세대 남자다운 말이었다.

아내는 애초에 기대하지도 않았다는 표정으로 고개를 돌렸다. 하지만 그녀의 눈에는 못내 서운한 눈빛이 가득 담겨 있었다.

'아직은 말하고 싶지 않아.'
'벌써 그런 말을 듣고 싶지 않아.'
'조금만 더 곁에 있었으면…….'

두 사람의 곁에는 이런 상념들이 떠다니는 듯했다.

나는 마음속으로 '빨리 말하지 않으면 이제 시간이 없을 텐데'라고 중얼거렸다. 물론 입 밖에 내진 않았다.

병실에는 어색한 침묵이 흘렀고, 자리를 지키기 불편해진 나는 도망치듯 병실을 나왔다. 하지만 복도로 나와서도 그들에 대한 생각을 지울 수가 없었다.

'벌써'라니 대체 언제 말하겠다는 걸까.

그들이 생각하는 '언젠가'는 곧 영원히 오지 않게 될 수도 있다.

다음 날 겐이치 씨가 의식을 잃었다. 그는 그렇게 숨을 거뒀다. 결국 겐이치 씨와 그의 아내는 '언젠가'를 마주할 수 없었다. 마지막 기회를 놓친 것이다. 만약 그때 용기를 냈으면 좋았을 텐데…….

나는 후회를 남기고 떠나버린 겐이치 씨가 안타까웠다.

그런데 그게 아니었다.

병실을 지나가는 내게 겐이치 씨의 아내가 말을 걸었다.

"간호사님."

"네, 무슨 일이신가요?"

"그날……. 간호사님의 말을 듣고, 나도 고맙다는 말을 하지 않았다는 걸 깨달았어요. 그래서 남편한테 먼저 '고마워요'라고 했어요."

나는 깜짝 놀랐다. 그날 밤에 그런 일이 일어날 거라고는 생각도 못했기 때문이다.

"그랬더니, 놀라운 일이 벌어졌어요."

눈물을 글썽이는 아내의 말을 가만히 들어보니 아내가 돌아갈 때쯤 겐이치 씨가 불쑥 말을 뱉었다고 한다.

"……고마워."

아내는 눈물과 미소가 뒤섞인 얼굴로 말을 이었다.

"그게 그 사람의 마지막 말이 됐네요. 그를 보내줄 때야 비로소 진심으로 그 사람이 내 남편이어서 정말 다행이라고 생각할 수 있었어요. 전부 간호사님 덕분이에요. 고맙습니다."

아내 분은 겐이치 씨와 결혼해서 행복했다고 한다. 하지만 한편으로 남편은 자신과 결혼하길 잘했다고 생각하는지, 진심으로 행복한지 몰라서 오랫동안 불안해했다.

"평생 동안 고맙다거나 수고했다거나 행복하다는 말 한마디 없었으니까요……."

하지만 마지막 순간에 겐이치 씨가 툭 던진 '고마워'라는 한마디로 오랜 세월의 앙금이 눈 녹듯이 깨끗하게 사라졌다고 한다.

아내에게 그의 마지막 말은 '당신 덕분에 행복했어'로 들렸다.

"아버지가 어머니한테 고맙다고 하시다니……. 처음 들었어요."

그 자리에 함께 있던 딸도 깜짝 놀라 말했다.

"고마워."

겐이치 씨는 이 한마디에 얼마나 깊은 마음과 많은 감정을 담았을까? 그 말은 마지막 순간에 이제까지의 상처나 서운한 마음을 모두 녹이고, 이만하면 잘 살았다고 미소 짓게 만드는 마법의 단어였다.

지금까지의 삶을 온전히 행복하게 만드는 마지막 말을 던지고 떠났기에 겐이치 씨와 가족들은 죽음을 받아들일 수 있었던 게 아닐까?

'고마워'라는 감사의 말이 가족 간의 앙금을 지우고 어긋날 수도 있었던 관계를 어루만져줬다.

'뇌는 주어를 인식하지 못한다'는 말이 있다. 우리가 말을 할 때, 뇌가 남에게 하는 말인데도 스스로에게 하는 말로 인식할 때가 있다고 한다. 그렇기 때문에 그 말의 영향이 자기 자신에게도 미친다는 뜻이다. 그래서 '고맙다'는 말을 한 사람은 그 말을 들었을 때처럼 평온하고 감사하는 마음이 든다. 실제로 고맙다는 말을 들은 사람은 솔직하게 마음을 표현할 용기를 얻는다. 이렇게 '언어의 선순환'이 이어지는 것이다.

수십 년간 한 번도 고맙다고 말한 적 없는 겐이치 씨가 마지막 순간에 '고마워'라고 할 수 있었던 것은 이같은 뇌 시스템의 오류 때문인지도 모른다. 그러나 뇌의 오류 덕분에 마지막 여행을 떠나는 사람도 배웅하는 사람도 후회 없는 시간을 보낼 수 있었다.

## 인간은 언제 죽게 되는 걸까?

미카 씨는 102세의 고령 환자였다. 대부분의 시간을 집에서 보냈지만, 이미 오랫동안 병간호를 해서 지친 가족들의 부담을 덜어주기 위해 이따금 내가 일했던 병원에 단기 입원하곤 했다. 나는 그렇게 미카 씨와 5년이라는 시간을 함께했다.

102세라는 나이가 무색하게도 그녀에게서는 언제나 미소와 감사하는 마음이 떠나지 않았다. 눈이 마주칠 때마다 항상 공손히 고개 숙여 인사를 해줬고, 다른 간호사나 간병인이 미카 씨를 도와줄 때마다 미소 띤 얼굴로 꼬박꼬박 "고마워요"라고 말했다. 의사에게도 마찬가지였다. 손을 가지런히 모으고 정중하게 "고맙습니다, 선생님"이라며 언제나 감사의 마음을 표현했다.

사실 미카 씨는 귀가 잘 들리지 않았다. 아마 상대방이 하는 말의 반 이상은 거의 알아듣지 못했을 것이다. 그런데도 그녀는 눈이 마주치면 생글생글 웃는 얼굴로 두 손을 모은 채 "오늘도 신세 좀 질게요. 고마워요"라고 말했다. 그러면 당연히 나도 정성 어린 태도로 그녀를 대할 수밖에 없었다.

"별말씀을요. 저희가 감사하죠."

자연스럽게 감사의 말과 미소가 오고 가는 것이다. 덕분에 미카 씨의 주위에는 언제 맑고 상쾌한 분위기가 감돌았다. 심지어 미카 씨가 죽음을 맞이하는 상황에서도 마찬가지였다.

그 누구도 자연의 섭리를 거스를 수 없기에 그녀 역시 점차 쇠약해졌다. 식사량이 줄어들고 수면 시간이 늘어났다. 삶의 마지막 시기가 되면 누구나 그렇다. 생명력을 불필요하게 소모하지 않기 위해 자연히 '절전 모드'로 전환하기 때문이다.

나는 미카 씨의 손자에게도 이렇게 설명했다. 언제나 밝고 쾌활하던 할머니가 기운이 없어지신 걸 보고 걱정하지는 않을까 우려됐다.

"그런가요. 절전 모드라니……. 저희 할머니, 참 친환경적이시네요."

할머니의 피를 이어받아서일까? 그 역시 미소 띤 얼굴로 말했다. 영원한 이별이 다가오는 심각한 상황이었지만 함께 있는 모든 사람들이 웃고 말았다.

미카 씨는 집에서 임종을 맞았다. 아침에 가족들이 할머니를 깨우러 방에 들어갔더니, 그녀는 이미 이불 속에서 차갑게 식어 있었다고 한다. 조용히, 평온한 얼굴로 눈을 감은 채로 말이다. 미카 씨는 그렇게 숨을 거두었다.

이 소식을 들은 나는 당연하게도 깊은 슬픔에 빠졌다. 그러나 이내 그녀를 만날 수 있어서 다행이었다는 감사의 마음이 슬픔보다 강하게 들었다. 진심으로 미카 씨에게 고마웠다. 나는 그동안 '행복한 죽음이란 무엇일까' 계속 고민했는데 미카 씨의 죽음이야말로 행복한 죽음이란 생각이 들었다.

나는 《원피스》라는 만화의 팬이다. 작품 속 등장인물인 닥터 히루루크가 죽음의 순간에 한 말이 참으로 인상적이었다.

"사람이 언제 죽는다고 생각하나?
심장이 총알에 뚫렸을 때? 아니.
불치의 병에 걸렸을 때? 아니.
맹독 버섯 스프를 먹었을 때? 아니야!
사람들에게서 잊혔을 때다."

이 대사는 지금도 수많은 사람이 뽑은 명장면으로 회자되고 있다.

인간은 전력 차단기가 툭 떨어지듯이 갑자기 죽지 않는다. 여러 개의 스위치가 하나둘씩 꺼지기 시작한다. 어떤 경우에는 몇 개가 동시에 내려가기도 한다. 인간의 죽음은 다음과 같은 네 가지로 분류할 수 있다.

• 육체적 죽음

- 정신적 죽음
- 문화적 죽음
- 사회적 죽음

히루루크의 말처럼 '사회적 죽음'은 사람들에게 잊혔을 때 찾아온다. 다시 말해 '육체적 죽음'이 곧 '사회적 죽음'은 아니란 소리다.

치매를 앓던 미카 씨는 계속해서 같은 말을 반복하기도 하고, 자신이 했던 말을 전혀 기억하지 못한 적도 많았다. 또 나이듦에 따라 새로운 문화를 접할 기회는 더더욱 없었다. 이른바 '문화적 죽음'이 오래전부터 진행된 셈이다.

하지만 마지막까지 자신의 의지로 화장실에 가고, 주관적으로 행동했으며, 웃거나 슬퍼하는 등 솔직한 감정을 풍부하게 표현했다. 미소 띤 얼굴로 고맙다고 인사하는 것도 빼놓지 않았다. 즉 '정신적인 삶'은 가장 오랫동안 살았다고 할 수 있다.

또한 숨을 거두었기에 '육체적 죽음'을 맞았지만, 생전에 미카 씨와 알고 지냈던 사람들의 마음에는 여전히 그녀가 남아 있으니 '사회적 죽음'은 아직 진행되지 않았다.

'죽음'이라고 하면 무조건 '육체적 죽음'을 생각하고 이를 피하기 위해 연명치료를 하는 경향이 있다. 하지만 네 가지 죽음이 있다는 것은 곧 네 가지 삶이 있다는 뜻이다. 육체적인 삶뿐 아니라 정신적·문화적·사회적 삶을 연장하는 것에 대해 깊이 생각해야 하지 않을까.

프랑스의 화가이자 조각가인 마리 로랑생은 자신의 시 〈잊혀진 여자〉에서 '이 세상에서 가장 슬픈 여인은 버려진 여인이 아니라 잊힌 여인이다'라고 남겼다. 이 역시 '사회적 죽음'을 말한 것이리라.

미카 씨의 가족들과 병원 직원들은 모두 그녀를 좋아했다. 애교가 담뿍 담긴 그녀의 미소 띤 얼굴이 아직까지도 기억에 생생하다. 웃음은 면역력을 강화한다고 한다. 그래서인지 내가 아는 사람 중 100세를 넘겨 장수하는 사람들은 모두 웃으면서 '고맙다'는 말을 자주 했다.

감사의 말을 듣고 싶어서 그 사람 주위에 모여든다.

감사의 말을 해주고 싶어서 그 사람 주위에 모여든다.

이렇게 서로를 격려하고 지지하는 관계를 통해 감사의 마음이 그들을 더욱 오래 살게 만드는 것일지도 모른다.

## 100살까지 살겠다는 약속을 지켜낸 엄마

곧 100살이 되는 기미 씨는 뇌경색 후유증과 노환으로 인해 입으로 식사를 할 수 없게 됐다. 의료진은 그녀에게 경관영양법으로 영양을 공급하기로 결정했다.

경관영양법은 입으로 음식을 섭취할 수 없는 환자에게 사용하는 방법으로, 관을 통해 위나 십이지장, 또는 공장(空腸, 먹은 것이 없어 속이 비어 있는 창자–역자 주)으로 직접 영양분을 주입하는 방식이다. 관을 삽입하는 경로에 따라 경비위관, 위루, 장루 영양법으로 나뉜다. 기미 씨의 경우에는 코에 관을 넣어 위에 영양제를 주입하는 '경비 위관' 방식을 선택하기로 했다.

그 상태로 무려 2년이 넘는 시간이 흘렀다.

이런 영양법은 음식물을 제대로 섭취하지 못하는 환자에게 직접 영양을 주입하는 방식이라 수명을 연장하는 효과는 있지만, 환자는 그 나름의 고통과 이물감을 느낄 수밖에 없다.

기미 씨도 그랬는지 이따금 무의식중에 콧줄을 빼버리곤 했다. 그래서 언제부터인가 기미 씨가 콧줄을 빼지 못하도록 그녀의 손에 벙어리장갑처럼 생긴 환자용 장갑을 손에 끼웠다.

대부분의 환자가 이 장갑을 싫어한다. 하지만 나는 기미 씨가 불평하는 것을 본 적이 없었다. 그녀에게 말을 걸거나 치료를 할 때면 언제나 "고생하시네요"라는 다정한 말이 돌아왔다.

병원에서는 기미 씨에게 경관영양법을 계속해서 실시해야 하느냐에 대한 논란도 있었다.

"벌써 100세가 다 되었는데 장갑까지 끼워가면서 목숨을 연명하게 하다니……. 기미 씨가 가엾어."

어떤 간호사들은 이렇게 생각했다. 솔직히 나도 같은 의견이었다. 하지만 기미 씨의 생각은 확고했다. 그녀는 무슨 일이 있어도 100살까지는 살겠다고 말했다.

이 모든 것은 두 아들과의 가슴 아픈 약속 때문이었다.

기미 씨의 두 아들은 모두 아내를 먼저 떠나보냈다. 그녀는 며느리를 보낼 때마다 "내가 대신 가야 했는데"라며 슬피 울었다고 한다.

기미 씨 자신도 남편을 먼저 떠나보냈기 때문에 소중한 사람이 먼저 가버리는 슬픔을 누구보다 잘 알았다.

그런 그녀에게 장남은 이렇게 말했다고 한다.

"엄마는 오래 사셔야 해요. 꼭 100살까지 사세요."

"그래, 알았다. 그렇게 하마."

그렇게 건강할 적의 기미 씨는 자신의 아이들과 약속했다. 소중한 사람을 너무 빨리 잃는 슬픔을 다시 느끼게 하고 싶지 않았으리라.

기미 씨는 100살까지 살겠다는 약속을 지키려고 안간힘을 쓰고 있었다. 자신은 고통스러운 치료와 연명 행위를 그리 바라지 않았을지도 모른다. 하지만 어떻게 해서든 100살까지는 살아야겠다고 생각했던 것이다.

살고 싶었다. 살아야 했다.

두 아들과 한 약속이 있었으니 말이다.

병실에는 자식과의 약속을 지키기 위해 최선을 다해 병마와 싸우고 있는 '엄마'가 있었다.

마침내 기미 씨가 하악 호흡을 시작했다. 두 아들이 그 모습을 지켜보고 있었다. 하악 호흡은 아래턱을 아래위로 움직이며 쉬는 호흡으로 '최후의 호흡'이라고도 한다. 하악 호흡이 시작되면 대부분 몇 분에서 몇 시간 내로 숨을 거두기 때문이다.

이제 시간이 얼마 없었다.

나는 '하고 싶은 말이 있다면 지금 하셔야 할 텐데'라는 생각이 들어 말했다.

"만약 지금 환자분이 말을 할 수 있는 상태라면 뭐라고 하실까요?"

그러자 차남이 말했다.

"아마…… 화를 내시지 않을까요?"

의외의 대답에 놀라 고개를 들어 차남을 바라봤다.

"항상 집에 가고 싶다고 말씀하셨는데, 이번에 입원하고 나서는 한 번도 집으로 모시지 못했거든요. 분명 화나셨을 거예요."

나는 그건 아닐 거라고 생각했다.

항상 우리에게 "수고가 많아요"라며 따뜻하게 대해줬던 기미 씨는 말을 하지 못할 정도로 체력이 떨어져도 아들이 왔을 때만큼은 표정이 달라졌다. 편안하고 기쁜 얼굴로 웃었다.

나는 차남에게 말했다.

"그렇지 않아요. 물론 집에 가고 싶어 하셨을 수도 있지요. 하지만 화가 나진 않으셨을 거예요. 기미 씨는 사랑하는 사람이 먼저 떠나는 것이 얼마나 슬픈 일인지 알고 계셨어요. 자식들을 슬프게 하지 않으려고 100살까지 살겠다는 약속을 지키려고 애쓰셨죠."

"아……."

"아마 '나, 열심히 했지?'라고 말하고 싶으셨을 거예요. 칭찬받고 싶으셨던 걸지도 몰라요. 이제 두 아들을 편히 떠날 수 있다는 안도의 마음이셨을 수도 있고요."

내가 아는 기미 씨라면 하루도 빠짐없이 병문안을 와준 아들들에게 고마워했으면 고마워했지, 화를 내진 않으셨을 것이다. 지금 말을 할 수 있다면 그녀는 분명 "나, 애썼어. 우리 아들들……. 이제 괜찮지?"라고 하셨을 테다.

그때 기적이 일어났다.

지금까지 전혀 표정이 없었던 기미 씨의 얼굴에 미소가 떠오른 것이다.

장남은 기미 씨의 미소를 눈치채고 "엄마가 웃고 계셔요!"라고 말했다. 차남도 어머니를 바라보곤 "진짜네"라며 눈물을 흘렸다.

사실 그 미소는 하악 호흡으로 인해 뺨이 움직여 마치 웃는 것처럼 보였을 뿐인지도 모른다. 하지만 이게 그냥 단순한 우연의 일치일까? 내 눈에도 기미 씨가 웃은 것처럼 보였다. 그녀가 내 말이 옳다고 말해주는 듯한 기분이 들었다.

차남이 엄마에게 마지막 말을 건넸다.

"엄마, 고마워요. 저희는 이제 괜찮아요."

아주 천천히 숨을 내뱉고 있던 기미 씨는 편안한 얼굴로 숨을 거뒀다.

기미 씨는 연명치료를 받았다. 그런 의미에서 타인에 의해 생을 지속했다고 할 수도 있다. 그렇다고 해서 기미 씨가 자신의 마지막 순간에 행복하지 않았을까?

그녀는 100살이라는 나이가 믿기지 않을 정도로 순수했고, 자애로운 천사처럼 다정했다. 그녀는 자신의 죽음까지 사랑했다. 기미 씨와의 영원한 이별에 허전함을 느끼면서도 아름다운 풍경을 봤을 때처럼 가슴이 벅차올라 눈물이 흘러넘쳤다. 귓가에는 "수고했어요"라고 토닥여주는 천사의 말이 들려오는 듯했다.

그곳에 불행은 없었다.

기미 씨의 인생은 빈틈없이 온전히 행복했다.

## 생의 마지막 보금자리는 어디로 하시겠습니까?

인생의 마지막 시기가 다가오면 집에 가고 싶어 하는 환자들이 늘어난다. 그럴 때는 환자의 상태가 다소 좋지 않더라도 가족에게 충분히 설명한 뒤 동의를 받고 퇴원시켜 집으로 보내드리기도 한다.

물론 모든 환자가 그럴 수 있는 것은 아니다. 도저히 집에 갈 수 있는 상황이 아닌 환자들은 병실을 자신의 방처럼 꾸미기도 한다.

이처럼 많은 환자가 마지막 순간을 집에서 보내고 싶어 하지만 '집'이라는 게 꼭 자택을 의미할까?

집이 곧 지금 사는 곳을 가리킬 수도 있겠지만 꼭 거주지를 의미하는 건 아닐 수도 있다.

무엇이 어디에 있는지 눈을 감고도 알 수 있고,

물건 하나하나에 내 삶의 추억이 어려 있고,

가족과 함께하며 안심할 수 있는 그런 곳.

그곳이 '집' 아닐까?

그렇다면 병실이 곧 집이 될 수도 있다.

병실이 '생의 마지막 보금자리'가 될 때는 가족과 여유롭게 지낼 수 있는 환경을 조성하거나 환자가 마음 편히 지낼 수 있도록 하자. 본인이 좋아하는 물건이나 가족, 반려동물의 사진을 두는 것도 좋다.

또한 병실에 놓아둘 사진을 고를 때는 약간의 요령이 필요하다.

첫째, 가족사진을 놓고 싶다면 환자 본인이 함께 찍힌 사진이 좋다. 종종 손자나 손녀만 찍힌 사진을 갖고 오는 사람도 있는데 이때 잊으면 안 되는 사실이 있다. 아이가 생각보다 빨리 자란다는 것이다. 환자에게 종말기가 다가오면 그 사진을 봤을 때 사진 속 인물이 손자인지 모르는 아이인지 구분하지 못할 수도 있다. 그런 사진보다는 본인이 함께 찍힌 사진이 더 좋다. '옆에 있는 아이가 손자구나'라고 금방 알 수 있고, 환자에게도 위로가 되며, 추억을 되새기며 가족 간의 대화거리로 삼기도 좋다.

둘째, 환자 본인의 사진은 건강했을 때의 모습을 고르자. 그래야 환자도 그리운 옛 시절을 회상할 수 있고 간병하는 사람에게도 좋은 영향을 준다.

간호사나 간병인 중에는 환자가 예전에는 열심히 일하며 사회에 기여했다는 것을 알고는 있지만, 자기 눈앞에 꼼짝 못하고 누워 있는 모습을 보면서 저도 모르게 거만한 태도를 취하거나 존중하지 않는 사람도 있다. 정말 소수의 경우지만 혹시 모를 일이다. 그런 사람도 환자가 건강했을 무렵의 사진을 보면서 자신의 잘못을 깨닫고 환자를 존중하는 초심으로 돌아갈 수 있도록 건강한 사진을 두도록 하자. 말하자면 지금까지 살아온 환자의 역사가 남이 자신을 존중하게 해주는 일종의 '부적'으로 작용하는 것이다.

## 고독사는 정말로 불행한 죽음인가

요즘 시대에는 외로움, 즉 고독이 새삼 화두로 떠오르고 있다. 2018년 영국은 '외로움 담당 장관(Minister for Loneliness)' 자리를 만들었다. 사회적 단절로 인한 고통이 매일 담배 15개비를 피우는 것만큼 건강에 해롭다는 연구 결과에 따라 외로움과 관련된 문제를 담당할 장관이 생긴 것이다. 고독이 공론화된 배경에는 2017년 발표된 보고서도 한몫했을 것이다. 이 보고서에 따르면 고독으로 인한 고통을 겪는 이들은 영국에서만 900만 명에 달하는 것으로 집계됐다.

물론 일본도 예외가 아니다. 2025년에는 4명 중 한 명이 75세 이상인 시대가 된다고 한다. 고독은 점점 더 우리 곁으로 다가올 것이고 전 세계적인 문제가 될 것이다. 지금도 하루가 멀다 하고 고독사에 관한 뉴스가 흘러나온다.

"살아생전에 이웃과 교류도 없이 지내다가 홀로 외로이 죽어간다."

이런 말을 들으면 당연히 고독사는 외로운 최후라는 인

상이 든다. 하지만 그 이미지는 남겨진 우리 입장에서 해석한 생각이며 정작 본인은 그렇게까지 비통한 죽음이라 느끼지 않는 경우도 있다.

나는 본인이 오랫동안 살아온 곳이나 추억이 가득한 곳에서라면 홀로 죽는 것도 전혀 고독하지 않다고 생각한다. 불행한 일도 아니다. 그곳이 그 사람에게는 가장 안정감을 주고 편안한 죽음을 맞이할 수 있는 장소였다고 해석할 수 있지 않은가.

그 장소는 자신이 선택했을 것이고, 원래 어디서 죽든간에 죽을 때는 오직 혼자다.

익숙한 곳에는 그만큼 추억이 가득하다. 그곳에서 죽은 당사자는 고독하다고 생각하지 않았을지도 모른다. 오히려 나는 낯선 곳에서 느끼는 외로움이 더 고독하고 느낀다. 또한 많은 사람 속에서 느끼는 고독이 더욱 잔인하다는 생각을 한다.

수많은 사람이 병실에 있지만 자신의 죽음을 진심으로 애도하는 사람이 없는 상황과 후회 없이 삶을 마감하고 추억이 가득한 곳에서 죽음을 맞이하는 것 중에 어느 것이

낫다고 생각하는가.

나는 분명 후자를 선택하고 싶다. 나이를 먹어서 육신이 쇠약해졌다고 갑자기 환경을 바꿀 필요는 없다.

물론 죽은 지 한 달이 넘어도 발견되지 않는 것은 쓸쓸한 이야기이긴 하다. 죽음과는 별개로 나를 찾는 이가 아무도 없다는 사실은 가슴 아픈 일이기 때문이다.

사후 나흘이 지나면 부패가 가속화되므로 일찍 발견하는 것이 중요하다. 그러니 혼자 사는 부모가 있는 사람은 사흘에 한 번 정도는 전화로 인사를 드리도록 하자. 매일 부모의 건강을 확인하는 것도 좋다.

재택 의료에 종사하는 의사 중에는 고독사를 오히려 이상적이라고 평가하는 사람도 있다. 자기 집에서 나답게 살다가 가는 것이 '행복'으로 느껴지기도 하는 것 같다. 물론 현실적인 문제나 경제적 문제도 있겠지만 적어도 고독사 자체는 결코 나쁜 것이 아니다.

입원해서 투석을 받던 환자가 어느 날 이제 투석을 받지 않겠다고 말한 적이 있다.

"제게 시간이 별로 남아 있지 않다는 걸 알고 있어요. 그러니 이제 그만 집으로 가고 싶어요."

그는 의료진의 만류를 뿌리치고 퇴원했다.

투석이 필요한 사람이 투석을 중단하면 대개 2주를 넘기지 못하고 사망한다. 그래서 방문 간호사가 혼자 사는 그의 집에 매일 건강 상태를 확인하러 방문했는데, 그러자 그 사람은 버럭 화를 냈다.

"매번 내가 죽었는지 확인하러 오지 좀 마세요! 혼자 지내고 싶어서 집에 왔는데 매일 찾아오면 피곤하잖아요."

오랜 실랑이 끝에 결국 사흘 뒤에 방문하는 것으로 결론이 났다.

그리고 사흘 뒤, 약속된 날짜에 방문 간호사가 그 집에 갔더니 그는 이미 사망해있었다고 한다.

이것도 고독사의 일종이다. 하지만 투석을 거부하면서까지 자신이 원하던 곳에서 죽을 수 있었으니 본인에게는 행복한 일이 아니었을까?

혼자 죽는 것이 '고독사'라는 이름을 달고 공포의 대상이 되는 일이 없었으면 한다. 그의 죽임이 일률적으로 쓸쓸하고 불행한 일이라고 단정 지을 수는 없는 일이니까.

## 죽을 때 가장 많이 하는 후회 10가지

1. **수많은 걱정거리를 안고 살아온 것**
   당신이 걱정하는 일에 대부분은 일어나지 않는다.

2. **무언가에 깊이 빠져 몰두해보지 못한 것**
   무슨 일이든 해서 후회하는 일은 많지 않다. 하지 못한 후회만이 남을 뿐.

3. **조금 더 도전적으로 살지 못한 것**
   인생은 한 번뿐이다. 하고 싶은 일을 다 하기에도 부족하다.

4. **감정을 솔직하게 주위 사람들에게 표현하지 못한 것**
   나이가 들면 자신의 감정을 솔직하게 표현하는 일이 더욱 어려워진다.

5. **사랑하는 이에게 더 많이 사랑한다고 말하지 못한 것**
   대답이 돌아오지 않아도 괜찮다. 그냥, 얼마나 사랑하는지 표현해라.

6. **친구들에게 더 자주 연락하지 못한 것**
   죽을 때 곁에 있었으면 하는 사람이 있다면 더욱 자주 연락하도록 하자.

7. **다른 사람이 어떻게 생각하는지 지나치게 신경 쓴 것**
   나중에 떠올려보면 정말 별일 아니다.

8. **과거의 선택이나 후회에 사로잡혀 있던 것**
   과거를 잊지 못하고 상처에 사로잡혀 무의미하게 아파하는 날이 얼마나 많았던가.

9. **사랑하는 사람과 충분한 시간을 보내지 않은 것**
   시간은 유한하다. 그 시간을 더욱 가치 있게 사용해라.

10. **결국, 행복은 내 선택이라는 걸 이제야 깨달았다는 것**
    당신의 인생은 오로지 당신 손에 달려있다.

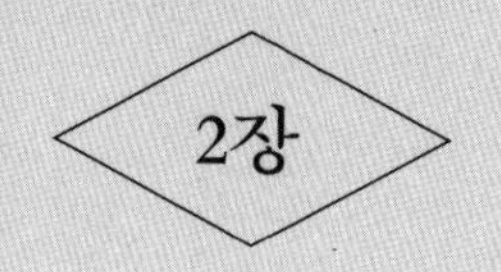


# 어쩌면 생에서
# 가장 단단해지는 시간

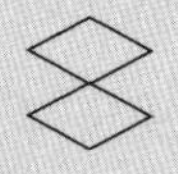

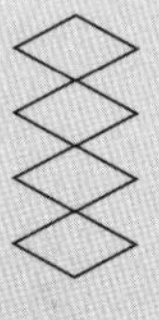

## 존재만으로도 힘이 되는 사람을 추억하며

존재 자체가 고마운 사람들이 있다. 가족이나 친구, 연인……. 내게 소중한 사람들. 그냥 곁에 있어주는 것만으로도 힘이 되는 존재다.

하지만 우리는 그들이 곁을 떠나고 난 뒤에야 그 소중함을 깨닫곤 한다.

나는 2018년 3월까지 간호사로 일하면서 고등학교 보건교사를 겸임했다. 학교에서는 입시철만 되면 진풍경이 펼쳐진다. 시험에 합격한 아이는 함박웃음 지으며 "선생님,

붙었어요!"라고 소리치며 교무실로 달려간다. 반면에 떨어져서 실망한 아이는 보건실에 와서 눈물을 흘리곤 한다.

그 해도 여느 해와 마찬가지였다. 대학에 떨어진 한 학생이 보건실을 찾아왔다.

"선생님, 저 좀 울고 갈래요……."

그 뒤로 울고 있는 학생을 위로하러 같은 반 학생인 미키가 보건실로 따라 들어왔다.

미키도 저번 주에 불합격 통지를 받았다. 하지만 자신의 불합격 소식보다 친구의 마음을 위로하는 데 더 신경을 쓰고 있었다.

미키의 동의를 얻어 그녀의 이야기를 조금 더 하자면, 미키는 고등학교 1학년 때 어머니를 잃었다. 교통사고였다. 언젠가 미키는 보건실로 찾아와 그날의 일을 내게 털어놨었다.

"그날 아침……. 엄마랑 싸웠어요. 엄마가 홧김에 '내가 어쩌다 너 같은 걸 낳아가지고'라고 말해서……. 저도 홧김에 소리쳤죠."

"뭐라고 했는데?"

"'엄마야말로 죽어버려!'라고요. 그랬더니 그날 엄마가 교통사고로 진짜 죽어버렸어요."

그녀의 엄마가 어떤 사람이었는지 모르지만, 미키는 엄마에게 들었던 말이 얼마나 상처였는지 더 이상 중요하지 않은 듯 보였다. 미키는 자신이 엄마에게 한 말을 더 가슴 아파했다.

"엄마가 돌아가시고 나서야 알았어요. 아무리 사이 나쁜 모녀라고 해도 엄마가 있는 것과 없는 것은 하늘과 땅 차이라는 것을요. 엄마는 나를 이해해주지 않았고 우리 관계는 맨날 싸움뿐이었지만, 소중한 사람은 곁에 있어주기만 해도 충분히 힘이 된다는 걸 깨달았어요."

"그렇구나."

"……너무 늦었죠? 전 더 이상 소중한 사람이 사라지고 나서야 뒤늦게 후회하고 싶지 않아요. 그래서 사랑하는 사람들에게 이전보다 훨씬 더 부드럽게 대하게 됐어요."

미키는 그렇게 말하면서 씁쓸한 미소를 지었다. 그러면서 엄마에게 '잔소리 좀 그만해!'라고 소리쳤지만 사실은 고맙다고 생각한 적도 많았다고 말했다. 물론 속으로 그렇게 생각해도 말로 표현하기엔 어색해서 입으로 뱉진 않았다고 했다.

그 마음도 이해가 간다. 나도 어릴 적에는 그랬으니까.

고맙다는 말 같은 건 나이를 먹고 어른이 된 뒤에 말하면 된다고 생각했다. 운이 좋게 나는 어른이 되고, 아이를 낳고, 부모의 고마움을 실감할 때 비로소 '고맙다'는 말을 할 수 있었다.

미키는 그렇지 못했다. 아마 그녀도 당연히 할 수 있을 거라 생각했겠지. 그 나이 대의 아이들이 그렇듯, 그날이 오지 않을 거란 사실은 상상도 하지 못했을 것이다.

엄마를 잃은 뒤 미키는 사람들을 대할 때마다 항상 신중하게 행동했다. 말할 때도 마찬가지였다.

'내게 남은 날이 오늘뿐이라면 지금 이 말을 해야 후회가 남지 않겠지?'

'만약 이게 마지막이라면 친구에게 이 말을 하고 후회하게 될 거야.'

언제나 이런 생각을 하면서 말하는 것 같았다.

미키는 엄마의 죽음으로 생명의 소중함을 배웠다. 그리

고 두 번 다시 되돌릴 수 없는 일이 있다는 것도 배웠다. 그래서 이전보다 다섯 배, 열 배 이상 모든 관계에서 후회가 남지 않도록 배려하며 사람을 대하게 됐다. 모순적이게도 마음의 상처를 입었기에 다정해진 것이다.

여담을 전하자면 미키는 그 뒤 대학에 합격해 웃는 얼굴로 졸업식에 왔다.

## 사랑하는 이의 간절한 마음은 죽음의 시간조차 늦춘다

다마요 씨에게는 시시각각 죽음의 그림자가 다가왔다. 이제 아흔이 되는 그녀는 노쇠했고 언제 떠나도 이상하지 않았다. 병실에는 장남 부부가 곁을 지켰다.

부부에게는 외동딸인 마이가 있었는데, 다마요 씨는 첫 손주인 마이를 아낌없이 사랑했다. 마이도 할머니를 정말 사랑했다. 그런데 다마요 씨의 시간이 얼마 남지 않았을 때 마이는 그녀의 곁에 있을 수 없었다. 마이는 일본 본토에서 뚝 떨어진 규슈의 오키나와에 살고 있었다. 손녀는 할머니가 위독하다는 연락을 받고 급히 비행기를 타고 병원에 오는 중이었다.

늦지 않게 올 수 있을까…….

다마요 씨는 이미 하악 호흡을 하고 있었다. 하악 호흡은 앞에서도 말했듯이 사망하기 직전에 턱을 움직이며 하는 호흡이다. 그녀는 이미 그 '마지막 호흡'을 시작하고 있었다. 그래서 우리 간호사들은 그런 모습을 보고 마이 씨가 제시간에 오지 못할 것 같아 발을 동동 굴렀다.

더 이상 해줄 수 있는 일이 없었다.

다만 다마요 씨가 사랑하는 손녀 얼굴을 마지막으로 한 번 더 보고 행복하게 가시기를 바랐다. 마이 씨의 어머니는 계속해서 다마요 씨에게 말을 걸고 있었다.

"어머니, 마이가 할머니를 만나러 오고 있어요. 조금만 더 버텨주세요."

그때였다.

"할머니!"

젊은 여성이 병실에 뛰어 들어왔다. 마이 씨가 늦지 않게 도착한 것이다. 그때 신기한 일이 일어났다.

하늘이 가족들의 간절한 기도를 들어준 것일까?

마이 씨의 외침에 다마요 씨가 천천히 눈을 떴다.

그 자리에 있던 모든 이가 깜짝 놀랐다. 이전까지만 해도 분명 아무런 반응이 없었고, 의식도 전혀 없었는데 말이다. 십여 분간 마이 씨의 얼굴을 가만히 들여다보던 다마요 씨는 가족들이 지켜보는 앞에서 조용히 숨을 거두었다.

그 자리에 있던 모두가 다마요 씨가 손녀를 보지 못하고 눈을 감을 것이라고 예상했다. 그러나 다마요 씨는 하악 호흡을 시작하고도 수십 분을 기다렸다.

'마지막으로 한 번만 더……!'라는 할머니와 손녀의 간절함이 모두의 예상을 뒤엎었다. 오랜 시간 동안 수많은 죽음을 지켜본 간호사의 감까지 말이다. 가끔씩 죽음에는 이런 미스터리한 일이 일어난다.

보고 싶다는 간절한 마음과 서로를 아끼는 가족의 인연은 죽음의 시간조차 늦추는 힘이 있다.

그래서 우리 간호사들은 당장이라도 숨이 끊어질 듯한 환자에게 열심히 외친다.

"조금만 있으면 가족들이 오니까 기다리세요!"

필사적으로 몇 번이고 그 말을 반복하다 보면 '조금만 더'라는 말을 믿어준 건지, 정말로 기다려주는 환자도 꽤 있기 때문이다.

반대로 가족이 촌각을 다투며 달려오고 있지만, 그들이 도착하기 전에 가버리는 사람도 있다. 아마 그런 사람들은 슬픔에 잠긴 가족의 얼굴을 보고 싶지 않아서가 아닐까.

'사랑하는 사람이 자신의 죽음을 보게 하고 싶지 않다.'

'더 이상 남겨진 사람들을 힘들게 하고 싶지 않다.'

이런 생각 때문에 일부러 가족들이 없을 때 이승을 떠나는 사람도 있다.

내가 본 환자 중에 어느 50대 환자는 당장이라도 숨이 끊어질 상태였다.

"조금만 더 있으면 따님이 오니까 기다리세요."

내가 이렇게 말하자, 환자는 미세한 호흡이나마 이어가며 딸이 올 때까지 버텨냈다. 급하게 병실로 들어온 딸은 아버지의 얼굴을 쓰다듬으며 이렇게 말했다.

"아버지, 할아버지도 거의 다 오셨대요. 힘드시겠지만 조금만 더 기다려주세요."

그러나 놀랍게도 딸의 말이 끝나자마자 환자의 숨은 멎어버렸다.

잠시 뒤에 도착한 환자의 아버지는 슬피 울며 말했다.

"부모보다 먼저 가다니, 이 불효자 녀석……."

아마도 그 환자분은 자식을 앞세우게 된 부모의 눈물을 보고 싶지 않았던 모양이다.

## 숨이 멎는 순간을 '임종'이라고 단정 지을 수는 없다

'임종'에 대한 이야기를 조금 더 해보려고 한다.

'죽음의 순간'이란 정확히 언제를 말하는 걸까?

의료기관에서는 의사가 사망 선고를 내리는 순간을 죽음의 순간이라고 한다. 의사가 사망을 확인해야 죽었다고 인정하는 것이다. 당신도 뉴스나 신문 등을 통해 이런 말을 흔히 들어봤을 것이다.

"심정지 상태로 발견돼 이송된 병원에서 사망이 확인됐습니다."

즉 의사가 사망 확인을 할 때까지는 심장이 멈춘 상태여도 사망한 것은 아니다. 그러므로 나는 환자가 숨을 쉬지 않더라도 가능한 한 가족들이 모두 함께 그 죽음을 받아들인 뒤, 의사를 불러와 사망 확인을 하게끔 하고 있다.

의사는 호흡 정지, 심정지, 뇌 활동 정지 반응(동공확대와 대광반사 소실)을 확인한다. 이렇게 죽음의 세 가지 징후를 확인하고 나면, 환자가 두 번 다시 숨을 쉴 수 없다고 보고 사망 선고를 내린다. 하지만 그때도 세포 중 일부는 살아 있을 수 있다. 그러므로 이때가 명확하게 죽음의 순간이라고 말할 수는 없다. 결국 확실하게 '이 순간이 죽음의 순간'이라고 할 수 있는 때는 없는 셈이다.

사람은 로봇처럼 스위치를 내리고 한 번에 죽는 존재가 아니다. 여러 기능이 서서히 죽어가다가, 이윽고 모든 기능이 멈추고 죽음에 이른다. 호흡이 멎자마자 모든 세포가 죽는 것이 아니므로 그 미세한 '생'이라는 부분이 따뜻하게 남아 있다. 물론 그 온기가 언제까지 남아 있는지는 사람마다 다르다.

이 이야기를 하면 내가 담당했던 어느 고령의 여성 환자가 떠오른다. 호흡이 멈추고 나서 수십 분 뒤에야 그녀의 딸이 병실에 뛰어 들어왔다. 그녀 역시 부모의 임종을 지키지 못했다는 생각에 비통한 심정으로 낙담해 있었다. 그런 그녀에게 먼저 도착해 있던 오빠가 말했다.

"울지 마, 어머니는 아직 따뜻하셔."

그 말에 딸은 어머니의 손을 꼭 잡았다.

"정말이네……."

그러고는 이미 숨이 멎은 어머니에게 말했다.

"어머니, 따뜻하네요. 시간 맞춰 와서 다행이에요."

그 밖에도 부모를 차마 떠나보내지 못해 슬픔에 빠진 가족이 아직 따스한 죽은 자의 온기를 느끼며 마치 살아 있는 사람에게 말을 걸듯이 이야기하는 모습을 볼 수 있다.

"아아……. 아직 따뜻하네. 꼭 주무시는 것처럼 보여."

안타깝게도 가족이 병실에 도착했을 때 환자는 이미 숨이 멎어 있는 경우가 생각보다 많다.

어떤 사람은 자신의 부모가 죽는다는 현실을 전혀 받아들이지 못한다. 언젠가 나는 60대 아들에게 어머니가 곧 돌아가실 것 같다며 이런 말을 전했다.

"어머니께서 이제 곧 호흡이 어려워지실 것 같아요."

환자를 1인실로 옮기고 난 뒤 그날 저녁, 아들이 집에 돌아갈 때 내게 물었다.

"다시 기운을 되찾으시면 집에 돌아가실 수 있겠죠?"

"아니요, 이제 기운을 차리시진 못할 거예요."

그는 아무런 대답도 하지 않았다. 내 말을 전혀 이해하지 못하는 것 같았다.

그렇게 아들은 집으로 돌아갔다.

결국 그날 밤 어머니는 숨을 거뒀다.

아들에게 전화로 그 사실을 알리자 그는 곧바로 병원으로 뛰어와서 어머니의 죽음을 설명하는 간호사에게 화를 터뜨리기 시작했다.

"왜 더 빨리 전화하지 않았습니까!"

그의 분노는 도저히 가라앉지 않을 것만 같았다.

"진정하세요, 아직 어머니께서 완전히 떠나신 건 아니에요. 어서 마지막 인사를 나누세요."

"하지만 이미 숨이 멎었잖아요!"

"어머니는 아직 따뜻하세요."

나는 노발대발하는 아들에게 환자의 손을 잡게 했다. 그러자 그는 제정신이 들었는지 소리치던 것을 멈추고 불쑥 말을 뱉었다.

"진짜 따뜻하네……."

그리고 어머니에게 이렇게 말했다.

"어머니, 정말 열심히 사셨어요. 이렇게 편안한 얼굴로 가셔서 다행입니다."

어머니를 어루만지던 아들은 이내 침착함을 되찾았고, 곧이어 우리에게 수고하셨다며 꾸벅 인사를 하고 돌아갔다.

## 마지막까지 사람들이 곁에 있는 사람, 아무도 없는 사람

나는 수많은 죽음을 지켜봤다. 병원에서 사망하는 사람 중에서는 마지막까지 사람들에게 둘러싸여 있는 사람과 그렇지 않은 사람이 있다. 당연하게도 전자가 더욱 행복해 보인다. 심지어 가족이 없어도 사람들이 곁을 지켜주는 경우도 있다. 반대로 배우자나 자식이 멀쩡히 있는데도 아무도 찾아오지 않는 경우도 있다. 왜 이런 차이가 날까?

입원 환자들 중에 80세 여자 환자인 나기사 씨가 있었다. 그녀는 남편뿐만 아니라 자식도 먼저 떠나보냈다. 가까운 친인척도 없는 듯했다. 나기사 씨의 처지는 말 그대로 '천애고아'나 다름없었다.

이렇게 말하면 어둡고 쓸쓸한 느낌이 들지만 나기사 씨는 항상 생글생글 웃으며 말하곤 했다.

"이제 곧 남편을 만날 수 있겠죠? 예쁘게 하고 있어야겠어요."

그녀는 진심으로 그렇게 생각하는 듯했다. 그 말대로 언제나 깔끔한 차림새로 먼저 떠난 남편과 천국에서 다시 만날 날을 즐겁게 기다리며 살았다.

나기사 씨처럼 의지할 사람이 없는 사람들은 소중한 사람이 먼저 떠나면, 먼저 간 사람을 다시 만날 수 있다는 희망을 품고 살기도 한다. 현실에서 아무도 의지할 사람이 없기에, 지금은 혈혈단신이지만 이승을 떠나면 먼저 떠난 부모님이나 사랑하는 사람을 만날 수 있다는 희망을 품는 것이다. 이런 생각은 부정적인 의미에서 빨리 죽기를 바라는 게 아니라 진심으로 '재회의 기쁨'이라는 희망에 죽음을 기다리는 상황이라고 할 수 있다.

나기사 씨는 원래 경제적으로 유복했지만 후견인에게 유산 처리를 전부 맡기고 집도 처분했다. 마지막에는 병원에서 죽겠다, 연명치료는 필요 없다고 정해놓았다.

우리에게는 언제나 웃는 얼굴로 고맙다고 말해줬다. 가족이 없어도 일상을 즐겁게 보내는 모습에 외로움이나 고독이 낄 틈이 없어 보였다. 소통 능력도 뛰어나 간호사들과 친구같이 친밀한 관계를 쌓아갔다. 그녀는 언제 어디서나 새로운 인간관계를 만들 수 있는 사람이었다.

나기사 씨와 달리 가족과 의료관계자 모두에게 고압적인 태도로 일관하는 사람도 있었다. 툭하면 불평하고 화내는 사람이었다.

우리는 직업윤리상 의식적으로 환자를 편애하진 않는다. 그러나 솔직히 말해 간호사도 사람인지라, 자연스레 언제나 부루퉁한 얼굴을 하고 있거나 사람에 따라서 태도를 바꾸는 사람에게는 꼭 필요할 때 말고는 가지 않게 된다. 반대로 항상 웃는 사람은 아무래도 좀 더 마음이 가기 마련이다. 조금이라도 더 세심하게 보살펴주고 싶고, 특별히 용무가 없어도 그 사람에게 가서 말을 걸게 된다.

간호사들도 때로는 울적하다. 그런 날에는 환자의 웃는 얼굴을 보고 위로받기도 한다. 그렇기 때문에 아무래도 잘 웃는 환자를 더 많이 찾게 되기 마련이다.

이제 알았을 것이다.

죽을 때 '주변에 사람이 가득한 사람'과 '그렇지 못한 사람'의 차이를.

항상 생글생글 웃는 사람에게는 사람이 다가온다. 반면에 화를 내거나 다른 사람을 무시하는 듯한 태도를 보이는 사람에게는 아무도 오지 않는다.

"죽음을 앞에 두고 어떻게 웃으라는 거야"라고 말하는 사람도 있을 것이다. 그렇다면 억지로라도 미소 지어 보자. 즐거워서 웃는 게 아니라 즐겁지 않아도 웃어보자. 신기하게도 억지로라도 웃으면 정말로 즐거워진다. '행복 호르몬'이라고 불리는 신경전달물질인 세로토닌은 즐거운 척만 해도 활발하게 분비된다고 한다. 꼭 한 번 해보자.

## 병동에서 자살한 어느 암 환자의 이야기

나는 지금까지 수많은 죽음을 보았지만 '자살'만큼 괴로운 것은 없었다.

어느 해 12월 25일, 밤 열 시경이었다. 내가 일하는 병원에서 말기 암으로 입원한 70대 K 씨가 병원 2층 베란다 창문으로 뛰어내리는 사건이 발생했다.

독신인 K 씨에게는 이렇다 할 친지도 없었다. 그는 예전부터 '힘들다'라든가 '빨리 죽고 싶다'라는 말을 자주 했다. K 씨는 그날도 내게 '이제 그만 빨리 죽고 싶다'고 호소했다.

이럴 때는 뭐라고 대답하면 좋을까…….

특히 K 씨처럼 몸과 마음이 다 힘든 사람에게는 뭐라고 해야 좋을지, 그때는 도무지 알 수가 없었다. 물론 여전히 이런 상황에 어떻게 대처해야 한다는 매뉴얼은 어느 병원에도 없다.

뭐라고 대답해야 할지 몰라 망설이던 내가 할 수 있는 일이라고는 공감하는 척하는 것이 고작이었다.

"정말 힘드시겠어요……."

그런 내 모습을 본 K 씨는 말해도 소용없다는 듯이 입을 다물어버렸다.

그로부터 정확히 한 시간 뒤, K 씨의 병실 앞을 지나가던 나는 침대에 누워 있어야 하는 그의 모습이 보이지 않는다는 것을 깨달았다. 베란다 창은 열려 있었고, 커튼이 바람에 흔들리고 있었다.

"여기요! 누가 좀 와줘요!"

내 외침을 듣고 달려온 간병인이 '설마' 하며 떨리는 손으로 쥐고 있던 손전등으로 베란다 아래를 비추자 엎드려서 쓰러져 있는 K 씨의 모습이 눈에 들어왔다. 나는 단숨에 계단을 뛰어 내려갔다. 심장이 터질 것만 같았다.

K 씨의 얼굴은 피투성이였다. 코피가 나고 이마와 입술이 찢어져 있었다.

하지만 아직 숨을 쉬고 있었다.

솔직히 마음이 놓였다.

K 씨를 들것에 싣고 외래 처치실로 운반했다. 내선으로 부른 당직 의사가 뛰어왔다.

"어떻게 할까요? 뭔가 조치를 하는 게 나을까요?"

K 씨는 이미 암 말기 환자였고 더 이상의 연명치료는 받지 않겠다고 확실한 의사를 표현했다. 하지만 그건 암으로 자연스럽게 증상이 악화됐을 때의 이야기다. 이런 긴급사태는 전혀 예상 밖의 일이었다. 나는 괴로운 듯이 얼굴을 찡그리는 K 씨를 보며 의사에게 말했다.

"선생님, 환자의 고통을 좀 덜어주세요."

"하지만 이 상황에서 진통제를 놓으면 부작용으로 호흡정지가 올 수도 있어요."

"이 상황에서 고통을 견디게 하는 건 너무 가혹해요!"

나도 모르게 목소리가 커졌다. 예전부터 너무 힘들어서 죽고 싶다고 말한 K 씨였다. 그런 그에게 또다시 고통을 참게 하고 싶지는 않았다. 만약 지금 호흡이 멈춰버린다 해도…….

"그럼 할로페리돌 주사를 놓죠."

할로페리돌은 신경안정제의 일종으로 의식을 몽롱하게 하는 효과가 있다.

주사기에 약을 넣는 내 손이 떨리고 있었다.

'침착해, 침착해!'

심호흡을 해도 떨림이 멎지 않았다. 결국 떨리는 손으로

K 씨의 어깨에 주사를 놓았다. 그 뒤에는 그를 1인실로 옮겼다. 세 평 남짓한 공간에 침대와 소파, 전등, 작은 의자만이 덩그러니 놓여 있는 방이었다.

K 씨의 얼굴이 새파랗게 변했다. 한눈에 봐도 생기가 빠져나가고 있음을 알 수 있었다. 나는 작고 둥근 파이프 의자에 앉아 K 씨의 곁을 지켰다. 그는 그나마 움직일 수 있는 오른손으로 몇 번이나 산소마스크를 떼려고 시도했다. 그 몸짓이 마치 이제 그만 가게 해달라고 말하는 것 같았다. 나는 K 씨가 산소마스크를 떼지 못하게 그의 손을 붙잡았다. 그러나 곧 방금 전까지만 해도 '이렇게 돌아가시면 안 돼요!'라고 외치던 마음이 흔들렸다. 그의 소리 없는 아우성을 보자 생각이 달라진 것이다.

살고 싶은데 살 수 없는 것이, 너무나도 괴로워서 죽고 싶은데 죽지도 못하는 마음이 얼마나 힘들까?

'K 씨, 제가 곁에 있을게요. 언제든지 가고 싶을 때 떠나세요…….'

이렇게 생각하면서 나는 그의 손을 잡고 부드럽게 쓰다듬었다.

이쪽을 보고 있지만 초점이 없던 K 씨의 눈동자에 나는 없었을지도 모른다. 그런데 그 순간 K 씨의 눈에서 눈물이 떨어졌다. 그러고는 나의 손을 약하게나마 맞잡아주었다.

이윽고 K 씨에게서 남은 핏기가 사라지더니 손끝이 자줏빛으로 변했다. 이내 그의 몸이 차갑게 변해갔다. 그래도 내게는 약간의 따스함이 느껴졌다. 내가 그의 곁에 있어도 좋다고 허락받은 기분이었다. 나는 K 씨의 차가운 손을 더욱 꼭 쥐었다. 나의 따스함이 전해지라고 강하게 기도하면서.

그때 나는 깨달았다.

따스함은 체온의 문제가 아니라 마음의 온도에서 오는 것일지도 모른다는 사실을.

K 씨가 뛰어내리고 한 시간 뒤, 그의 호흡은 점차 약해지더니 이내 멈춰버렸다. 숨이 멎은 뒤에도 나는 30분 정도 K 씨의 곁을 지켰다.

죽고 싶을 정도로 괴로운 마음을 공감해 주지 못했다는 미안함과 환자를 잃은 상실감과 허전함, 내가 첫 발견자였다는 충격……. 여러 가지 감정이 뒤섞였다. 그가 형용할 수 없는 표정으로 침대에 앉아 있던 순간들이 떠올랐다.

그때 조금이라도 더 그에게 말을 걸어줬더라면 이런 일이 없었을지도 모른다는 후회도 있었다.

그날 일을 떠올리면 수많은 감정이 소용돌이치며 지금도 가슴이 조여 온다. 그런 기분은 두 번 다시 겪고 싶지 않다.

'운명을 받아들인다'는 말은 결코 생명을 포기하라는 뜻이 아니다. 약이나 장비의 힘에 의존해 연명하라는 것도 아니다. 하늘이 주신 수명을 거스르지 않으면서도, 마지막까지 최선을 다해 반짝이는 삶을 사는 게 운명을 받아들인다는 말의 진정한 의미 아닐까?

## 슬픔은 그만큼의 사랑이 있었다는 증거

K 씨의 죽음을 뒤로하고 야근을 마친 나는 집으로 돌아왔다. 햇살이 눈부시게 빛나는 날이었는데도 나는 커튼을 치고 침대에 엎드렸다.

어떻게 표현하면 좋을지 모르겠지만 여러 가지 후회가

칼날이 되어 내 가슴을 찢어놓았다. 최대한 아무것도 느끼지 않도록 감정의 문을 닫고 마음을 비우려고 노력했다. 하지만 혼자서는 도저히 진정되지 않아 내가 존경하는 히라카타 마코토 선생님께 메시지를 보냈다. 선생님은 나가노 현의 아이와(愛和) 병원에서 일하는 완화 의료전문의이자 내가 스승처럼 생각하는 분이다. 선생님이라면 내 마음을 알아줄 거라고 생각했다.

"선생님……. 제가 돌보던 환자가 자살했어요. 저는 간호사를 할 그릇이 아닌가 봐요……. 환자의 믿음을 얻지 못했네요."

마치 남의 일을 말하듯이 최대한 건조하게 메시지를 보냈다. 선생님에게는 곧바로 답변이 왔다.

"힘들었겠군요. 나도 자살 시도를 했던 환자를 가끔 만나요. 당신은 그 환자에게 애정을 갖고 대했나요? 그렇다면 괜찮습니다."

선생님은 이런 메시지도 덧붙였다.

"이 일을 계속하는 것이야말로 그 환자가 남긴 숙제의 답을 찾는 길이 아닐까요?"

히라카타 마코토 선생님의 메시지를 보고 정신을 차려

보니 내가 침대에서 소리 내어 울고 있었다. 그제야 몸에 피가 흐르는 듯한 느낌이 들었다. 몸의 감각이 돌아오며 심한 허탈감이 나를 덮쳤다. 동시에 마비되어 딱딱하게 굳어 있던 감정이 녹아내리면서 일시에 파도처럼 밀려왔다. 당시의 내 감정을 적어보자면 이런 기분이었다.

K 씨 너무하네요. 왜 스스로 목숨을 끊으신 거죠……. 당신과 이런 식으로 이별하고 싶지는 않았어요. 죽는 건 남겨진 사람들을 너무 힘들게 해요. 물리적으로도 그렇지만 그 사람의 마음을 정말 힘들게 한다고요.

힘들게 하려면 살아 있을 때 하지 이게 뭔가요. 살아 있었을 땐 더 힘들게 해도 괜찮았다고요. 살 때도 제대로 살고, 죽을 때도 제대로 죽어야죠!

하지만 죽고 싶을 정도로 괴로웠는데 우리가 그 마음을 알아주지 못했어요.

미안해요, 미안해요, 정말 미안해요.

죽음과 마주하는 것은 괴롭고 슬픈 일이다. 하지만 슬퍼한다는 것은 그만큼의 사랑이 존재했다는 증거가 아닐까?

슬픔만큼의 애정이 그 관계에 담겨 있어야 할 테니 말이다. 다시 말해 죽은 사람과 나 사이에 추억과 사랑이 있어서 그 죽음이 슬픈 것이다.

죽음에 이르는 과정이 고통스러울수록 남은 사람들은 더욱 깊이 상처받는다. K 씨는 자살을 선택했기 때문에 그중에서도 가장 심한 경우였다. 처음에는 원망스러운 마음도 들었지만, 이내 후회와 미안함이 터져 나왔다. 눈물이 걷잡을 수 없이 쏟아져 울고 또 울었다. 어린애처럼 그렇게 한바탕 울고 나서 잠들었다.

죽음에는 슬픔의 눈물이 따른다. 그러나 다시 한번 말하지만 그 눈물 속에는 슬퍼하는 이와 죽은 자의 관계가 쌓아 올린 '사랑'이 담겨 있다.

물론 나는 K 씨와 신뢰 관계를 쌓지 못했다. 하지만 이 경험을 잊지 않고 간호사 일을 계속하며 다른 환자에게 신뢰를 얻어 더 많은 생명을 구할 수 있었을 것이라고 생각한다.

## 음식을 먹는 것조차 축복일 줄이야

다카시 씨는 일에 쫓겨서 가족과는 거의 시간을 보내지 못했다. 오랜 세월 가사와 육아에 전념한 아내를 위해 결혼 30주년 기념으로 해외여행을 선물해야겠다고 생각했다. 다카시 씨는 아내에게는 비밀로 하고 계획을 세웠다. 아내는 맛있는 음식을 먹는 것을 아주 좋아했기 때문에 해외의 유명한 레스토랑에서 값비싼 저녁 식사를 하는 것도 필수 코스로 넣었다. 그런데 결혼기념일 전날 아내가 뇌경색으로 쓰러지고 말았다.

"아내가 뇌경색으로 쓰러질 줄은 상상도 못했습니다. 맛있는 음식을 먹으며 느긋한 시간을 보내는 아내의 들뜬 모습을 기대했는데……."

그때까지 가사 일을 전혀 하지 않았던 다카시 씨는 본의 아니게 아내 대신 모든 살림을 하게 됐다. 아내의 병세가 호전되고 나서도 그는 집에서 아내를 돌봤다. 덕분에 요리 솜씨도 제법 늘었다.

"정년퇴직하면 함께 더 많은 시간을 보내려고 했는데……. 이렇게 시간을 보내게 될 줄은 몰랐습니다."

그 세월이 6년에 이르렀다. 이윽고 마지막이 가까워 오자 다카시 씨의 아내는 내가 일하던 병원에 입원했다.

중증의 환자에게는 입으로 음식을 먹을 수 있는 것도 커다란 축복이다. 그 무렵 다카시 씨의 아내는 음식을 삼키는 힘이 약해져 주사로 영양분을 공급할 수밖에 없었다. 그런데도 다카시 씨는 매일 병실에 찾아와 의료진 몰래 아내에게 푸딩이나 아이스크림을 먹였다. 의사나 간호사가 '음식을 먹이시면 안 됩니다'라고 몇 번이나 지적했지만, 다카시 씨는 듣는 둥 마는 둥 아내에게 음식을 먹였다. 내가 그 광경을 직접 본 건 아니지만, 아내의 입안을 흡인할 때 요구르트나 아이스크림 특유의 달콤한 향기가 나서 알 수 있었다.

만일 의료진이 음식물을 줬다가 음식이 식도가 아닌 기도로 들어가서 질식 사고라도 일어나면 책임을 묻던 시절이었다. 고의가 아닌 사고여도 마찬가지였다. 지금은 본인이 원한다면 마지막까지 음식을 즐길 수 있도록 소량이라도 최대한 입으로 음식을 먹게 할 수 있다. 하지만 당시 병원에서는 위험한 일은 모두 규제하고 있었다.

하지만 음식을 먹이는 사람이 가족이라면……. 주의를 주긴 하지만 강제로 막을 수는 없는 일이라 생각하고 우리도 눈감아주곤 한다. 의료진 역시 환자가 원하는 대로 해주고 싶다. 그것이 뒤에 남겨진 사람을 마음 편하게 만들어주는 길이라는 걸 알기 때문이다.

마지막이 가까워진 다카시 씨의 아내는 상태가 점점 악화되었다. 가래가 쌓여 질식 직전까지 가는 일도 있었다. 몸을 움직일 수 없는 환자에게 가래가 쌓이면 스스로 뱉을 수 없어서 상당히 위험하다. 이제는 정말 용인할 수 없는 단계까지 되어버렸기 때문에 다카시 씨에게 상황을 상세히 설명드리고 음식을 드시게 하면 안 된다고 주의를 부탁드렸다. 그렇게 그의 아내는 얼마 안 가 세상을 떠났다. 그래도 다카시 씨는 아내가 죽기 직전까지 직접 음식을 먹을 수 있도록 도와준 셈이다.

죽음이 문을 두드리기 전까지 음식을 입으로 직접 먹을 수 있다는 것이 얼마나 행복한 일인지 모른다.

환자에게는 이 문제가 매우 중요하게 느껴진다. 입으로 뭔가를 먹는 일이 '아, 내가 아직 살아 있구나'라는 것을 실감하게 만들기 때문이다.

다카시 씨는 가정에 소홀했던 시간을 조금이라도 되돌리고 싶어서 아내에게 마지막까지 음식을 먹여주고 싶었던 게 아닐까?

아내가 세상을 뜬 뒤 다카시 씨는 이렇게 말했다.

"그동안 일에 파묻혀서 사느라 아내를 전혀 신경 쓰지 못했어요. 하지만 지난 6년간 아내를 돌보면서 과거의 시간을 조금은 되돌린 듯한 기분이 듭니다."

다카시 씨가 말한 지난 6년은 결코 쉽지 않았을 것이다. 힘든 고비가 수없이 찾아왔을 게 분명하다. 하지만 그 말을 하는 다카시 씨의 얼굴을 보니, 아내를 돌보면서 함께 지내는 시간이 즐겁기도 했던 것 같다.

만약 그가 아내가 쓰러졌을 때 '지금'부터라도 행복하게 보내는 일에 집중하지 않고, '왜 하필이면 아내에게 이런 일이 생겼나'라고 한탄하며 과거에 얽매여 있었다면 그런 말을 할 수 없었을 것이다.

지금도 때때로 다카시 씨가 돌아간 뒤 아내분의 행복한

표정이 떠오른다. 그때 두 사람이 함께했던 식사는 최고급 레스토랑에서 먹는 음식 맛이 아니었을까?

## 생애 마지막 불꽃이 타오를 때

죽기 전에 갑자기 괴력을 발휘한다든지, 죽은 줄로 알았던 사람이 갑자기 벌떡 일어난다는 이야기를 들어본 적이 있는가? 믿기지 않겠지만, 인간은 죽기 직전에 일시적으로 기운을 찾거나 의식이 또렷해지곤 한다.

참으로 이상한 현상이다. 하지만 현장에서 환자를 돌보면 그런 순간이 확실히 있다는 걸 느낀다. 실제로 나도 여러 번 그런 일을 경험했다.

전혀 의식이 없던 환자가 갑자기 눈을 번쩍 뜨고 쳐다본다. 하지만 딱히 입을 열어 뭔가 말하는 것도 아니고 미소를 띠고 있는 것도 아니다. 흔히 '죽을 때가 되면 사람이 변한다'는 말이 이런 걸 두고 하는 말인가 싶다.

'환자분이 오늘은 웬일로 이렇게 의식이 또렷하시지?'

이렇게 생각하고 나면 바로 그날 돌아가시는 일이 종종 있다. 그전까지 한마디도 하지 않았던 환자가 느닷없이 '고마워요'라고 말하고 숨을 거두는 경우도 많다.

이런 신기한 현상을 간호사들은 '기적의 시간', '마지막 촛불을 태우는 시간', '희망의 시간'이라고 부른다.

본인의 의지인지 아닌지는 모르지만, 환자가 이 세상의 모든 것을 받아들이는 시간이다.

자신의 죽음조차도 말이다.

여러 가지 감정을 정리 한 뒤 남은 것들과 화해하는 시간이다.

그 시간을 함께 보내면 자연스레 인간과 생명의 위대함에 감동하게 된다. 아픈 마음이 치유되는 듯한 느낌도 든다. 1장에서 겐이치 씨가 마지막으로 고맙다고 말한 것도 분명 '기적의 시간'이었을 것이다.

물론 모든 사람이 이런 현상을 겪게 되는 것은 아니다. 다만 강연회에서 이런 이야기를 하면 많은 사람이 '우리도 그랬어요', '그게 그런 거였군요'라고 말할 만큼 많은 사람이 경험한 일인 것은 분명하다.

영어로는 이 현상을 'Last Rally'라고 부른다. 'Rally'에는 '반등하다', '기운을 되찾다'라는 의미가 있으니 직역하자면 '최후의 회복' 정도로 말할 수 있다. 이 의미를 되새기며 원래의 나다운 모습으로 잠시나마 돌아가는 마지막 순간이라고 생각하면, 슬픈 눈물이 아니라 감동의 눈물로 눈시울이 붉어진다.

'타의로 연명한' 인생이 아닌 마지막까지 '스스로 살아낸' 삶이 되니까 말이다.

자신의 인생을 스스로 매듭짓는다는 이야기는 누구에게나 감동적인 이야기일 것이다.

'마지막 촛불을 태우는 현상'이 일어나는 이유는 아직까지도 밝혀지지 않았다. 전하고 싶은 말이 남아 있다거나, 죽기 전에 못다 한 일을 하기 위해서라고 말하는 사람도 있다.

매기 캘러넌(Maggie Callanan)과 퍼트리샤 켈리(Patricia Kelley) 공저 《마지막 선물(Final gifts)》이라는 책에서는 이런 현상을 '죽음에 직면한 환자가 주위에 메시지를 남기는 것'이라고 설명한다.

그 메시지는 크게 두 종류로 나뉘는데, 하나는 그 사람이 '죽기 전까지 어떤 것을 경험했는지'에 대한 이야기이고, 다른 하나는 '죽기 전에 못다 한 것'에 대한 이야기라고 한다. 결국 마지막 불꽃은 그 메시지를 전하기 위해 일어난 기적의 시간이라는 뜻이다.

이 시간은 떠나는 사람뿐만 아니라 남겨지는 사람에게도 특별하다. 이별의 감정을 공유하는 기회가 되고, 마지막으로 관계를 회복하거나 남은 감정을 추스를 수 있는 시간이 된다.

'마지막 불꽃'을 놓치지 않으려면 이런 현상이 있다고 인지하고 기회를 잡으려는 노력이 필요하다. 물론 예비지식이 없어도 그때가 되어 자연스럽게 알게 될 때도 있다. 하지만 모든 것이 끝난 뒤에야 '아, 그 시간이 그런 거였구나'라고 돌아보며 깨닫는 경우도 있다.

그러나 기적의 순간이 그렇게 길게 지속되진 않는다는 것을 기억하라.

"기운을 찾으셨나봐요!"

"병세가 호전됐어요!"

이렇게 기뻐하느라 소중한 순간을 놓치고 나중에 슬퍼

하는 가족도 있었다. 그러지 않기 위해서라도 '마지막 불꽃이 타는 순간'이 있다는 것을 알아두자.

인간은 모두 죽는다는 사실은 그 누구도 부정할 수 없다. 받아들이는 수밖에 없다. 죽지 않는 인간은 없기 때문이다. 그렇다고 해서 어떤 순간이든 삶을 포기하지는 마라. 인간은 자신의 마지막 시기를 결정할 수 있고, 그 시간을 선택함으로써 인생을 더욱 풍요롭게 살아갈 수 있다.

# 3장

# 더 오래 살기 위해 당신이 포기해야 할 것들

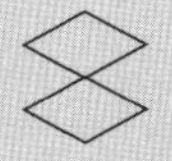

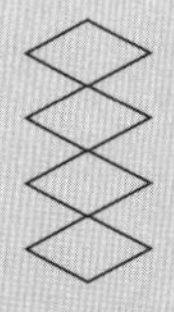

## 죽을 때가 되어서도 죽지 못하는 사람들

만약 당신은 시력을 잃는 대신 더 오래 살 수 있다면 어떻게 할 것인가.

청각을 잃는다면?

팔이나 다리는 포기할 수 있는가?

나는 이제부터 죽음을 직면한 사람들의 가장 큰 고민이라고 생각하는 '연명치료'에 대한 이야기를 하고자 한다.

죽을 때가 되면 연명치료를 통해 생명을 조금 연장시킬 수는 있다. 하지만 치료받느라 소모하는 시간을 생각하면

반대로 아까운 시간을 낭비하고 있다고 생각할 수도 있다. 그러므로 나는 한정된 시간, 즉 남은 생명을 걸고서라도 연명치료를 받을 것인지 신중하게 결정하라고 말해주고 싶다.

몸을 움직이지 못하고 음식을 직접 먹을 수도 없게 되면 우리 몸은 나무가 말라가듯 자연스럽게 스러진다. 잠들어 있는 시간이 늘어나고, 호흡하는 근육이 점차 쇠퇴하면서 결국에는 숨이 멎는다.

가장 자연스러운 삶이자 가장 자연스러운 죽음이다.

그런데 병원에 입원해서 연명치료를 받게 되면 이런 순차적인 단계가 빙빙 돌게 된다. 내가 지켜본 과정을 설명해 보자면 다음과 같다.

음식을 섭취하지 못하게 되면 수액으로 영양을 보급한다. 몸이 아픈 환자는 이를 제대로 받아들이지 못해서 부종이 생기고, 침대에 누운 채로 가래를 뱉어내지 못해 힘들어한다. 면역 기능이 떨어져 조금만 찢어져도 입안이나 눈가에 피가 나고, 툭하면 감염이 일어나 위험한 상황이 일어난다.

이런 과정이 싫어 연명치료를 받지 않겠다는 환자도 많다. 하지만 건강할 때 가족과 의논하지 않은 탓에 가족의 뜻에 따라 연명치료를 받게 되는 경우가 상당히 많다. 이미 주어진 수명을 마친 상태지만, 가족이 받아들이지 않는 한 '치료'라는 이름의 고문과 같은 상황이 반복되는 것이다.

물론 사랑하는 이와의 이별을 좀처럼 받아들이지 못하는 가족의 마음도 이해가 간다. 그렇지만 나는 과도한 연명치료를 지속한 탓에 힘들고 괴로운 최후를 맞는 환자와 가족들을 수없이 보아왔다. 그래서 이런 식으로 질질 끄는 연명치료를 택하기보다 환자의 통증만 줄여주면서 자연스럽게 죽어가는 방법에 대해 계속해서 환자와 그의 가족들에게 이야기하려 한다. 그것이 간호사로서의 내 역할이라고 생각하기 때문이다.

인생 최후의 시기인 종말기가 고통스러운 것은 환자만이 아니다. 환자 본인은 물리적으로 고통스럽고, 가족은 아픈 사람의 인생을 자신의 선택으로 결정해야 하기에 고통스러워한다.

부모님을 죽일 수는 없다는 가족의 마음,
가능한 한 오래 살기를 바라는 주변의 선의,
어떤 환자도 내버려 둘 수 없는 의료진의 입장.
그 누구도 환자를 고통스럽게 만들려고 하는 건 아니다. 하지만 이 모든 것들이 뒤섞이면서 의도치 않은 지옥이 시작된다.

"엄마, 좀 더 힘내세요. 오래 사셔야 해요."

오랜만에 병문안을 온 딸의 말을 듣고 딸이 돌아간 뒤에 이렇게 말하며 눈물을 흘리는 환자를 본 적도 있다.

"……내가 죽으면……, 그게 내가 힘을 내지 않아서 그런다는 거야?"

그런가 하면 자기 부모는 죽지 않는다고 생각하는 건지 이상한 반응을 보이는 가족들도 있다.

"저희 어머니가 돌아가시다니 무슨 말씀이세요! 그런 건 생각할 수도 없어요!"

그녀의 어머니는 94세였다.

환자는 기나긴 투병 생활에 지쳤는지 내가 수액을 넣으려 하면 애원하는 눈빛으로 고개를 흔들며 나를 쳐다봤다.

하지만 나는 '죄송해요'라고 사과하면서 좀처럼 들어가지 않는 주삿바늘을 팔에 찔러넣을 수밖에 없었다.

여기까지 읽으면 내가 연명치료를 결사반대하는 것처럼 보일 수도 있겠지만 그렇지는 않다. 다만, 환자가 진정으로 연장하고 싶은 것은 '인간답게 살아가는 시간'일 것이라고 생각한다.

만약 당신이라면 더 오래 살기 위해 어디까지 포기할 수 있고, 어느 부분은 포기할 수 없는지 미리 생각해보자.

당신은 건강할 때부터 생명과 죽음에 대해 진지하게 생각해봤는가?

그저 목숨을 부지하기 위한 연명치료는 어디까지 허용할 것인가?

혼자서는 손가락 하나 움직이지 못하게 됐다면 어떻게 할 것인가?

가족을 얼굴을 알아보지 못하는 상황이라면 어떻게 할 것인가?

## 과도한 연명치료는 모두를 불행하게 한다

완화치료 매니저인 친구가 어머니를 간병할 때의 일이다. 그녀는 간병이 직업이었기에 간호하는 일 자체는 힘들어하지 않았다. 행정이나 복지에 관해서도 자세히 알고 있어서 문제가 생기면 신속하게 대처할 수 있었다. 내가 가장 힘들었던 점이 무엇이냐고 묻자 의외의 대답이 돌아왔다.

"아무리 엄마라지만……. 타인의 인생을 내가 결정해야 한다는 사실이 가장 힘들더라."

그러면서 이런 말을 덧붙였다.

"엄마가 아직 건강하셨을 때, 당신의 뜻을 글로써 확실하게 남겼어야 했어."

이렇듯 사랑하는 사람을 잃는 가족은 죽음을 맞이하는 환자와는 다른 종류의 고통을 짊어진다.

'하지만 아무리 가족이라도 연명치료를 하지 않겠다고 결정하는 것은 살인이나 다름없지 않나?'

바로 이런 생각 때문에 환자의 가족들은 힘들어한다. 의료진인 내가 아무리 아니라고 해도, 부모의 인생을 좌우하는 사안을 정하는 것은 그에 대한 책임을 져야 할 것 같아 가족들은 힘들어한다.

물론 마음이 무겁겠지만 그보다 환자의 기분이나 고통을 먼저 생각해 주자. 당사자의 상황을 고려하지 않고 가족의 입장만을 강요하는 것은 이기심이 아닐까.

이해하기가 어렵다면 '내가 그 상황이라면 진정으로 바라는 것이 무엇일까'를 생각해보는 것도 도움이 된다.

삶의 방식을 결정하는 것은 결국 자기 자신이다.

그건 생을 매듭짓는 순간에서도 마찬가지다.

예기치 못한 사고나 피할 수 없는 상황을 제외하면 죽음에 관해서는 특히 스스로 결정할 일이다. 물론 전문가나 주위 사람들의 조언을 들을 수는 있다. 미리 죽음에 대해, 그리고 죽은 뒤의 일에 대해 대화하는 것을 '예기 비탄 실행'이라고 하는데 이런 연습이 죽음에 대한 면역력을 키워준다.

인생에서 한번은 반드시 찾아올 죽음과 그 뒤의 일을 생각해두도록 하자. 그렇게 마음의 준비를 하자.

우리는 죽음을 결코 외면할 수 없고, 누구에게나 죽음은 어김없이 찾아올 테니까.

모순적이게도 죽음을 준비하는 과정에서 우리는 새롭게 살아갈 힘을 얻는다.

## "연명치료는 원하지 않습니다"라는 말의 함정

"연명치료는 원하지 않습니다."

"본인의 뜻도 그렇고, 저희도 같은 생각입니다. 연명치료는 원하지 않아요."

환자나 가족에게 이런 말을 듣고 의료진이 고민에 빠질 때가 있다. 우리가 보기에는 '아니, 이미 연명치료를 받고 있는데 무슨 말이지?'라는 생각이 들 때가 종종 있기 때문이다.

왜 이런 일이 일어나는지에 대해 생각해보면 가족과 의사, 간호사, 아니면 다른 의료관계자나 지인들이 생각하는 연명치료에 대한 정의가 불분명하기 때문이다. 즉 무엇을 '연명치료'라고 하는지 그 기준이 다르다는 소리다.

심폐 기능이 정지된 뒤 소생술을 하기 위해 흉골 압박을 하고 인공호흡을 하는 것을 연명이라고 하는 사람이 있다. 주사를 통한 인공영양, 인공투석, 인공호흡 등 자발적이지 않은 모든 과정이 연명치료의 일부라는 의사도 있다. 그러니까 가족에게 '연명치료를 하지 말아 달라'는 말을 들어도 인공호흡을 하지 말라는 건지, 인공적인 모든 조치를 하지 말라는 건지 알 수가 없다.

그중에는 '아무것도 하지 말라'는 사람도 있다. 하지만 원래 병원이란 무언가를 해야 하는 곳이다. 차마 본인에게 그렇게 말할 수 없지만 그런 사람에게는 '그렇다면 병원에 왜 오신 거죠?'라고 물어보고 싶다.

"아무것도 하지 않는다."

그 말의 구체적인 뜻이 다를 수 있다. 이 부분에 대해 환자 측과 병원 측의 인식이 최소한 어느 정도는 일치해야 한다. 그렇지 않으면 나중에 서로 책임 소재를 떠넘기거나 곤란한 문제가 생길 수 있기 때문이다.

그렇기에 환자 측이 말하는 '연명치료는 원하지 않습니다'라는 말은 나와 같은 의료진에게 상당히 고민스러운 말이다. 의료진의 입장에서 '네, 알겠습니다'라고 바로 수긍할 수는 없는 노릇이다.

## 그저 살아남기 위해 어디까지 할 것인가?

병원에 입원할 때부터 연명치료를 할 것인지 말 것인지 정해놓는 사람도 있지만, 실제로 치료 여부가 확정되는 건 주로 환자가 자신의 입으로 음식을 섭취하게 못하게 됐을 때다. 이 단계에서 아무것도 하지 않으면 환자는 급속히 쇠약해지면서 3주 정도밖에 살지 못한다. 그래서 이때는 의료진뿐만 아니라 많은 사람이 '결단의 갈림길'에 서는 시기이다.

단호하게 말하건대, 아무리 늦어도 이 단계가 오기 전까지 어떻게 할지를 생각하는 것이 좋다. 그리고 최종적으로는 환자나 가족이 직접 그 결론을 내야 한다.

물론 병원의 의료진과 환자의 상태에 대해 의논을 하거나 정보를 제공받을 수 있다. 하지만 의사는 질병과 치료의 전문가일 뿐 생과 사의 전문가는 아니다. 인생을 마무리하는 과정은 종교나 철학적인 측면도 고려해야 하므로 생사에 관해서는 환자 자신과 가족이 결정하는 것이 도리에 맞다.

만약 이미 환자가 음식을 섭취하지 못하게 됐을 때, 아무것도 결정하지 못한 채 갈팡질팡하는 환자와 가족들에게 의료진은 무엇을 할 수 있을까?

위루 또는 말초 주사와 피하 주사를 통한 영양 공급 정도가 되겠다. 환자의 고통을 생각하면 간호사인 내가 추천하는 방법은 이게 최대다.

때때로 의사들은 '중심정맥영양'을 선택하기도 한다. 이 방법은 고칼로리 수액 요법 또는 완전정맥영양법이라고도 불리는데, 입으로는 충분한 영양을 섭취하지 못하는 환자에게 심장 근처의 정맥으로 고칼로리 영양을 보급하는 치료법이다. 가는 말초혈관을 통해서는 정맥이 염증을 일으키기 쉬우므로 심장 근처의 굵고 혈액이 많은 혈관, 즉 중심 정맥에 카테터를 삽입해 직접 에너지를 공급한다.

이 방법은 생존에 필요한 영양을 충분히 섭취하지 못하는 상태 나쁜 환자에게 적합하다. 다만 중심정맥에 카테터를 삽입하므로 삽입부를 통해 균이 침입해 감염을 일으키기 쉽고, 기흉이나 혈흉과 같은 합병증을 일으킬 우려가 있다. 또한 갑자기 시작하면 혈당치가 급상승하게 되고, 갑자기 중단하면 저혈당에 빠질 위험이 있다. 요컨대 중심정맥영양법은 환자를 더욱 힘들게 할 가능성이 상당히 크다는 말이다.

물론 의사는 환자를 위해서 이 방법을 권하는 것이다. 하지만 그때 '환자에게 있어서 최선의 죽는 방식은 무엇인가'까지는 고려하지 않을 때도 많다. 아니, 더욱 깊이 생각해보면 애초에 사오십 대 정도의 의사에게 팔구십 대 환자의 바로 눈앞에 놓인 죽음의 순간은 다르게 느껴질 것이다. 병원에서 함께하는 짧은 시간 동안 각자의 삶과 그 철학을 완전히 이해하기란 서로에게 어려운 일일 것이다.

## 구급차를 부르기 전에 알아둬야 할 점

살면서 누구나 한두 번쯤은 구급차를 불러야 하는 상황이 온다. 실제로 우리는 위급하다는 생각이 들면 거의 반사적으로 외친다.

"구급차 불러!

물론 수많은 사람이 구급차 덕분에 목숨을 건진다. 하지만 그 대상을 종말기 환자로 한정 지으면 구급차를 부르는 것이 무조건 능사는 아니라는 생각이 든다.

종말기의 사람의 남은 인생은 '얼마나 고통 없이 마음 편하게 갈 수 있는가'에 초점을 맞춰야 한다. 그런데 구급차를 부른다는 것은 '목숨을 연명하겠다'는 의사표시나 다름없다. 그렇게 구급차를 부르면 본인과 가족의 뜻에 반하는 연명치료를 받게 되는 경우도 있다.

이미 숨을 거둔 경우나 평소에 가지 않는 병원으로 옮겨져 24시간 이내에 사망했을 경우에는 경찰에 의해 검사를 해야 한다. 그러면 남은 사람들은 질문 공세에 시달리느라 소중한 사람을 잃었는데도 마음껏 애도할 시간이 없어진다.

친구의 할머니는 시설에 들어가 있었다. 어느 날 집에 잠시 돌아왔을 때, 할머니는 오랜만에 온 집이라며 무척이나 기뻐했다. 할아버지도 그런 할머니를 보며 행복했다. 그래서 할머니가 좋아하는 것을 해주려고 했다.

할머니는 떡국을 좋아했는데 시설에서는 먹을 수가 없었기에 할아버지는 떡국을 끓여 할머니에게 건넸다. 그러나 할머니는 혼자서 식사를 할 수 없었다. 음식물을 삼키는 힘도 약해진 상태였기 때문이다. 어쩔 수 없이 할아버지는 할머니에게 직접 떡국을 먹여주기 시작했는데 이때 사건이 일어났다.

할머니의 목에 떡이 걸린 것이다.

할아버지는 당황해서 구급차를 불렀지만 할머니는 이내 사망했다.

이 갑작스러운 죽음이 사고인지 사건인지 검증하기 위해 경찰이 개입했다. 가택수사가 끝날 때까지 집에 들어갈 수도 없었다. 결국 남은 가족들은 장례식 준비나 그 후에 필요한 일을 제대로 처리하지 못했다. 집안을 수색당하는 것은 물론이고 경찰은 이메일과 컴퓨터 열람 이력, 상속 정황, 인간관계에서의 문제 등을 낱낱이 조사했다. 그리고는 마치 할아버지를 범인인 양 취급했다.

결국 할머니의 죽음은 계획적 살인이 아닌 사고로 인한 것으로 판명나기는 했다. 노환으로 인해 할머니가 음식물을 넘기는 힘이 약해진 점, 자신의 힘으로는 먹을 수가 없어서 어쩔 수 없이 할아버지가 먹일 수밖에 없었던 상황을 인정받아 가족들은 겨우 장례 준비를 할 수 있었다.

경찰은 자신의 업무에 충실했을 뿐이지만, 범인 취급을 당한 할아버지와 가족들에게는 고통스러운 시간이었을 것이다.

이 사건에서는 황급히 구급차를 부른 일이 예기치 못한 방향으로 이어졌다. 그렇다면 이 상황에서 할아버지는 어떻게 했으면 좋았을까?

친구의 할머니처럼 일시적으로 집에 돌아올 경우에는 예기치 못한 상황이 일어났을 때 어디로 연락하면 좋을지 미리 정해두는 것이 좋다. 종말기의 환자에게는 무슨 일이 일어날지 아무도 알 수 없기 때문이다. 방문 간호사 중에는 24시간 전화를 받아주는 사람도 있다. 미리 그런 사람을 알아두고 그곳에 연락해 의논하도록 하자.

마지막을 집에서 보내기로 결심한 사람이 갑자기 상태

가 악화됐을 때는 재택 주치의를 불러야 한다. 환자가 집에서 평온하게 죽을 수 있을지 없을지는 재택 주치의 판단에 달려 있다. 평소에 자신의 의사를 분명하게 표시하고 당신의 의견을 존중해 주는 의사와 신뢰 관계를 쌓아두자.

이런 준비를 미리 해두지 않으면 막상 위급한 상황이 닥쳤을 때 당황해서 구급차를 부르게 된다. 실제로 연명치료를 하지 않겠다고 정한 사람이 갑자기 상태가 나빠져 환자 본인이 구급차를 불러달라고 부탁하는 경우도 있다. 그러면 부탁받은 가족도 깜빡하고 조건반사적으로 전화를 할 수도 있다.

구급차를 탄 순간부터는 연명치료가 기다리고 있다. 이때는 이미 원하든 원치 않든 개인의 의사와 상관없이 치료가 시작된다. 구급 대원은 사람의 목숨을 구하는 것이 소명이므로 그렇게 할 수밖에 없다.

하지만 그래서는 평온한 죽음이 멀어져 갈 뿐이다.

이런 사태에 빠지지 않기 위해서라도 연명치료를 하지 않겠다고 결심한 사람은 무조건 구급차를 부르는 일을 피하도록 하자.

암 환자였던 가토 씨는 이미 의료 행위로는 손쓸 도리가 없는 상태까지 이르렀다. 가족은 그의 뜻에 따라 가토 씨를 집에서 돌보기로 결정했다. 본인의 의사를 최대한 존중해 주기로 한 것이다.

그러던 어느 날 집에 누워 있는 가토 씨에게 갑자기 호흡곤란이 왔다. 공황 상태에 빠진 가토 씨가 "구급차!"라고 소리쳤고, 그 말을 들은 아내가 반사적으로 119를 누르려 했다.

그때 고등학생인 딸이 이렇게 소리쳤다.

"구급차 부르지 마요! 그러면 마지막까지 아빠와 함께 있을 수 없잖아요……."

딸의 외침에 가토 씨도, 아내도 이성을 되찾았다.

"그래, 그렇지……."

정신을 차린 가토 씨는 호흡이 멈추기 직전까지 자족들 한 명 한 명에게 '마지막 말'을 남겼다고 한다.

그렇게 가토 씨 가족들은 병원을 전전하는 것이 아닌 집에서 그의 마지막을 함께 할 수 있었다.

## 이토록 '평온한' 죽음이라니

의사가 수액 양을 줄이자고 제안했지만 가족의 반대에 부딪혀 고전하고 있다.

"그러면 늙어 죽도록 그냥 내버려두자는 건가요. 그건 너무 가여워요."

'노환'으로 죽는 것이 가엽다라…….

독자 여러분은 어떻게 생각하는가?

이 가족과 같은 의견인가?

간호사로서의 내 생각을 말하자면 결코 그렇지 않다. 사실은 노환으로 죽지 못하는 것이 가여운 게 맞다. 최상의 간호는 환자가 늙어 돌아가실 수 있도록 하는 것이다. 노환이 가장 편안한 죽음이기 때문이다.

노환은 단순히 나이를 먹어서 죽는 것이 아니라 세포와 조직 능력이 전반적으로 쇠퇴해 죽어가는 것이다. 모든 장기의 힘이 균형을 이루며 서서히 생명이 다하는 상태이기 때문에 특별한 병이 없다면 환자는 크게 힘들지 않다. 조금 이상한 표현일 수도 있지만 '서서히 평온하게 죽어가는 것'이 노환에 의한 사망이다.

흔히 잠든 사이에 평온하게 죽는 사람을 두고 '호상이네요', '천수를 다하셨네요'라고 말한다. 노환도 이런 자연사의 일종이다. 자연사야말로 가장 이상적인 죽음이며, 실제로 현대 의료는 어떤 병이든 마지막 시기에는 자연사할 수 있도록 목표를 잡고 치료한다.

보통 죽음이 고통스러운 이유는 신체의 일부는 쇠퇴하고 다른 일부는 건강하기 때문이다. 그러나 노환은 균형을 맞춰 죽음을 향해가는 자연스러운 과정이다.

고령의 폐암 환자를 예로 들어보자. 폐의 기능이 떨어졌는데 다른 장기가 정상이면 균형이 맞지 않아 오히려 힘들다. 그러면 폐 기능을 향상시키면 되지 않냐고 생각하기 쉬운데, 일단 쇠약해진 신체의 기능을 다시 좋게 만들기는 어렵다. 이때 억지로 폐를 예전의 상태로 만들려고 하면 환자는 고통을 느낀다. 늙어감에 따라 자연스레 약해진 신체 기능을 억지로 예전과 같은 상태로 돌리려 하기 때문에 환자가 괴로운 것이다.

80대 후반 남자 환자인 미즈노 씨는 폐암 말기였다. 그는 무척이나 붙임성 있는 할아버지였다. 잘 웃고, 잘 먹고, 산소 펌프를 낀 채로 병동 여기저기를 산책하곤 했다. 그러다가 서서히 병이 진행되면서 미즈노 씨의 잠자는 시간이 늘어났다. 얼마 있지 않아 식사를 할 수 없게 됐지만, 미즈노 씨는 경관법이나 수액을 통한 영양공급을 하지 않았다. 그와 가족의 바람은 오직 한 가지였다.

"자연스럽게, 주어진 생명만큼 살다 가고 싶다……."

의료진 역시 단순히 목숨을 부지하기 위한 치료는 하지 않았다. 미즈노 씨도 '아픈 것은 싫으니 연명치료는 하지 말아 달라'고 입버릇처럼 말하곤 했다.

이윽고 그의 심장은 기능이 떨어져 필요한 만큼 충분한 혈액을 보낼 수 없게 됐다. 예전에는 수분이 쌓여 몸이 부었지만, 이제는 음식물을 먹거나 마실 수 없게 되어 점차 몸이 쪼그라들었다. 그런데도 침대 위에서 웅크리고 잠들어 있는 미즈노 씨의 표정은 평온하고 천진난만한 아기 같았다. 모든 것을 깨달은 부처 같기도 했다.

먹지도 않고, 마시지도 않고, 의료적인 영양 공급도 없이 그는 그 상태로 열흘간 살아 있었다.

밥이나 물 없이 사람은 '길어야 열흘'이라고 말하는 의사도 있으니, 어떻게 보면 미즈노 씨는 '끝까지' 버텼다고 할 수도 있겠다.

그렇다면 이미 말기 암 환자였던 그는 어떻게 한계점까지 버틸 수 있었을까?

바로 아무것도 하지 않았기 때문이다.

미즈노 씨는 '자연스러운' 상태로 지낼 수 있었다. 그때 수액을 놓았다면 가래가 쌓여 숨을 쉬기 어려웠을 것이다. 편안하게 있을 수 없었을 것은 불 보듯 뻔하다.

특히 폐는 우리 몸에서 가장 약한 부분이다. 체내에 수분이 조금이라도 많으면 폐에 물이 차고 가래가 늘어나 고통스럽다.

결국 미즈노 씨는 열흘간 잠든 채로 살다가 병실에 아내와 딸, 손녀가 있을 때 고요히 숨을 거뒀다.

1인실의 작은 병실에서 창가에 있는 소파에는 아내와 딸이, 그 옆에 있는 의자에는 손녀가 앉아 수다를 떨고 있었다. 그들이 미즈노 씨의 죽음을 알아차렸을 때는 이미 시간이 제법 흐른 뒤였다.

이토록 평온한 죽음이라니.

그 방에 있었던 가족이 아무도 몰랐을 정도로 미즈노 씨는 평안하게 세상을 떠났다.

'행복한 죽음'이란 종종 어이없을 만큼 쉽고 편안하다.

불행한 죽음은 그 사람의 죽음을 받아들이지 못하는 가족이, 아니면 우리 의료진이 죽는 사람을 더욱 처절하게 만드는 것은 아닐까.

## 마법같이 상태를 호전시키는 약은 어디에도 없다

어떤 사람은 수액을 '마법의 물'처럼 생각하는 것 같다. 몸 상태가 좋지 않을 때마다 병원에 찾아와 수액을 놔달라고 하는 환자들이 많다. 열이 나거나 피곤할 때는 수액을 맞으면 탈수 증상이 개선되어 몸 상태가 좋아지기도 한다. 하지만 수액을 맞으면 무조건 상태가 호전될 것이라는 맹신은 위험하다.

체력이 없어지면 영양과 수분을 받아들이는 힘도 약화된다. 억지로 공급된 영양분을 받아들이지 못해 오히려 몸에 부담이 갈 수도 있다.

몇 년 전에는 마지막까지 최대한 수액으로 영양을 공급하고, 그로 인해 쌓이는 가래를 제거하기 위해 석션을 해서 환자를 더욱 힘들게 하는 악순환에 빠지는 경우가 많았다. 그러나 지금은 그런 식으로 치료하지 않는다.

최근에는 종말기의 환자에게 부담을 덜어주고, 편안하게 지낼 수 있도록 수액의 양을 줄이거나 중단하는 일도 늘어났다.

그런데도 여전히 무슨 일이든 '마법의 물인 수액 한 방이면 해결된다'고 믿는 사람이 적지 않다. 하지만 그런 '수액 신화'는 장년기나 노년기의 건강한 사람에게나 효과가 있는 말이다. 종말기에 가까운 환자의 경우에는 이야기가 다르다는 것을 잊지 않길 바란다.

수액을 중단하겠다고 하면 지나치게 소극적인 의료 행위가 아니냐고 생각할 수도 있다. 하지만 실상은 그렇지 않다. 현 상태가 균형을 이루고 있을 때는 수액을 중단하는 것이야말로 억지로 최상의 상태를 만들기 위해 환자를 괴롭게 하지 않고 그 균형을 깨지 않기 위한 '적극적인 판단'이라고 말할 수 있다. 물론 정확한 판단은 상황에 따라 달라진다. 환자의 경우마다 해보지 않으면 알 수가 없다. 종합적으로 생각하면 수액을 놓는 편이 나을 때도 있으니 말이다. 그래서 임상 현장에서는 일단 수액을 놓아보고, 부종이나 가래가 증가하면 그 양을 줄이는 방식을 택한다.

70대의 남성 환자 스즈키 씨는 뇌경색으로 입원해 있었다. 입으로 음식물을 먹으면 폐렴에 걸리기를 반복해서 굵은 혈관에 카테터를 삽입해 영양과 수분을 보급하는 중심정맥영양을 실행했다.

종말기에 영양을 섭취하는 선택지로는 아래와 같은 7가지 방법이 있다. 이 중에서 무엇을 선택해도 장단점이 있다. 백 점짜리 선택지는 없다.

- 위루(위에 구멍을 내서 위로 영양을 직접 주입하는 방법)
- 경비경관영양(콧줄을 통해 위로 영양을 직접 주입하는 방법)
- 말초 수액(정맥에 주사를 놓는 방법)

- 피하 수액(피하조직에 주사를 놓는 방법)
- 중심정맥영양(굵은 혈관에 카테터를 삽입해 주사하는 방법)
- 사망해도 좋으니 입으로 음식물을 섭취하게 한다(종말기에는 삼키는 힘이 약해지므로 입으로 음식을 먹는 일에 집착하면 사레가 들려 염증을 유발하고 사망할 수도 있다)
- 아무것도 하지 않는다

스즈키 씨가 선택한 중심정맥영양은 앞에서도 말했듯이 신체를 유지하는 데 충분한 영양을 공급할 수 있다. 하지만 위와 식도 등 소화기관을 이용하지 않으므로 장기간 시행하면 소화기 기능이 저하돼 신체의 전반적인 균형이 무너지게 된다. 또 혈관 안에 삽입한 카테터를 통해 균이 침입하기 쉽고 이로 인한 감염증으로 사망하기도 한다.

실제로 스즈키 씨도 감염증을 일으켜 40도의 고열에 시달린 적이 있다. 그래서 중심 정맥에 삽입한 카테터를 제거할 수밖에 없었다. 대신 말초 혈관에 수액을 놓았으나 고칼로리 수액을 공급할 수는 없었다. 말초 혈관의 강도로는 고칼로리 수액을 견딜 수 없어서 염증을 일으키기 때문이다.

500ml의 수액이 말초 혈관을 통해 들어가더라도 우리 몸에 들어가는 영양분은 200kcal 정도에 불과하다. 성인 남성에게 하루에 필요한 섭취 칼로리는 2000kcal 전후이므로 수액 한 병으로는 충분한 영양분을 섭취하기에는 한참 부족하다. 500ml 콜라 한 병의 칼로리가 255kcal로 수액 한 병은 콜라 한 병과 비슷하다고 할 수 있겠다. 필요한 2000kcal를 전부 채우기 위해서는 6000ml 이상의 수액을 공급해야 한다는 소린데, 그렇게 되면 수분 과다로 더욱 위험해질 수 있다.

하루에 두 병, 400kcal 정도의 말초 수액으로 영양을 공급받게 된 스즈키 씨는 점점 여위어갔다. 원래도 쇠약했던 데다 혈관도 약해진 탓에 종종 수액이 새곤 했다. 몸은 바싹 말랐는데 흡수하지 못하는 수분이 계속 쌓여 손발이 퉁퉁 부었다. 주사를 놓을 때도 혈관이 잡히지 않아서 몇 번이고 다시 놓아야 했다.

"아파요……. 아파. 이제 제발 그만해요……."

스즈키 씨는 주사를 다시 놓을 때마다 눈물을 흘리며 비명을 질렀다. 간호사들은 그가 몸부림치지 못하도록 꽉 붙들고 주삿바늘을 찔러야 했다.

말초 수액을 놓기 어려워지면 피하 수액이라는 선택지도 있다. 피하 조직에 주사해 혈관 내에서 천천히 수분을 흡수하게 하는 방법이다. 하지만 이 방법으로는 영양분을 충분히 공급할 수 없다. 따라서 몸은 점차 쇠약해질 수밖에 없다. 하지만 스즈키 씨의 고통을 덜어주려면 이 단계에서 말초 수액에서 피하 수액으로 변경하는 것이 최선이었다.

하지만 담당 간호사가 그 방법을 거부했다.

"하지만…… 제가 처음 피하 수액을 놓는 사람이 되고 싶지는 않아요."

내가 이제 피하 수액으로 바꿔야 하지 않겠냐고 물었지만 이런 대답이 돌아올 뿐이었다.

피하 수액은 복부나 허벅지 등의 피하 조직에 수액을 놓아 혈관 내에 천천히 수분을 흡수시키는 방식이다. 이 방법을 쓰면 환자의 고통은 감소하지만 영양 공급이 거의 되지 않아 쇠약해지는 속도는 빨라진다.

종말기에는 이미 흡수력이 떨어져 있기 때문에 말초 수액이든 피하 수액이든 남은 수명에 크게 영향을 미치지 않는다는 연구 결과가 있다. 하지만 그 간호사는 자신이 가장 먼저 피하 수액을 놓는 사람이 되어 환자의 사망 시기를 앞당기는 역할을 하는 게 아닌가 염려하는 듯 했다.

이미 여러 번 폐렴에 걸림 시점에서, 스즈키 씨의 몸은 더 이상 견디기 힘든 상태까지 쇠약해져 있었다. 연명치료는 원래 환자가 잘 살 수 있도록 도와주는 수단인데도, '연명' 자체가 스즈키 씨를 치료하는 목적이 돼버린 것이다.

다음에 또 수액이 새면 내가 피하 수액을 놓겠다고 마음먹었다. 하지만 결국 스즈키 씨는 모든 수액을 중단하게 됐다. 주삿바늘 자국과 내출혈투성이인 그의 손발을 보고 가족들이 더 이상은 도저히 지켜볼 수가 없다고 말했기 때문이다.

환자 본인이 울면서 그만하라고 애원하던 모습이 스쳐 지나갔다. 입원 중의 의사결정권이 본인이 아닌 가족에게 있다는 것이 다소 이상하지만 그것이 현실이다.

수액을 통한 영양 공급을 하지 않는다고 해서 간병을 하지 않는 것은 아니다. 환자를 편안하게 보내주기 위해서

해야 할 일은 그게 전부가 아니니 말이다.

우리는 스즈키 씨가 마지막까지 편안하게 지낼 수 있도록 몸을 닦아주고, 자세를 바꿔주고, 말을 걸어주면서 최대한 고통을 덜어주는 데 초점을 맞췄다.

스즈키 씨는 매일 우리를 볼 때마다 고맙다고 인사했다. 그는 병원에 입원해 있는 동안 고마운 사람들에게 편지를 썼다. 친구, 회사 동료, 살았는지 죽었는지 모를 어린 시절의 선생님…….

스즈키 씨는 자신에게 이제 시간이 별로 없다는 것을 알고 있었을 것이다.

마비 증상이 나타나 알아볼 수 없는 글자도 있었지만 스즈키 씨는 과거를 추억하며 미소 띤 얼굴로 매일 조금씩 편지를 썼다. 그러나 카테터를 제거했을 때부터는 상태가 악화면서 편지도 쓸 수 없게 됐다. 그런데도 스즈키 씨는 웃으며 말했다.

"상태가 좋아지면 간호사님한테도 써줄게요."

결국 편지를 받진 못했다.

스즈키 씨가 내게 편지를 써줬다면 그 편지에는 '고마워요'라고 적혀 있었을 거라고 내 맘대로 상상해본다.

수액을 맞을 때의 스즈키 씨는 표정이 굳고 온몸에 힘이 들어가 잔뜩 긴장했다. 하지만 수액을 중단하자 평온한 미소를 되찾았고 몸에 힘을 빼고 편안해했다.

수액을 중단한 지 사흘 뒤, 스즈키 씨는 마지막까지 웃는 얼굴로 조용히 잠자는 듯 세상을 떠났다.

사인은 노환.
평온한 최후였다.

## 죽음과 편안하게 공존하는 시대를 위하여

이미 인생에서 종말기가 찾아왔더라도 '이제는 할 것이 없다'고 치료를 단념할 수는 없다. 다만 '어떻게 하면 고통을 제거하고 편안히 지낼 수 있는가'라고 목표를 바꾸고 이를 위해 적극적으로 행동해야 한다.

죽음을 마주하는 과정은 본인뿐 아니라 의료진과 가족

도 고통스러운 시간이다. 그렇다고 의료진과 가족이 상황을 직면하지 않고 회피하기만 한다면, 환자는 고독함과 절망 속에서 죽어갈 수밖에 없다.

환자의 고통을 어떻게 제거할 수 있는가,

본인과 가족을 어떻게 대할 것인가.

이 두 가지를 항상 생각하고 이에 맞게 행동하는 것이 환자를 돌보는 데 꼭 필요한 의료진의 덕목이다.

인간의 죽음은 본래 무척 평온하다. 누구에게나 신체 기능이 한없이 0에 가까워지는 시점에서 찾아온다. 그게 바로 '죽음'이다. 그러므로 대부분 잠들 듯이 조용히 죽어간다. 심전도 모니터 같은 기계를 장착하지 않았더라면 언제 죽었는지 알 수 없을 경우도 많다.

스즈키 씨의 마지막 시기를 고통스럽게 만든 것은 우리 의료진이었다.

조금 더 빨리 수액을 중단했거나 피하 수액으로 바꿨더라면……. 바늘 자국이나 내출혈 없이 깨끗한 몸으로, 더 편안하고 행복하게 지낼 수 있었을 것이다. 더 많이 웃고 더 많은 기쁨을 느끼고 지낼 수도 있었을 텐데…….

환자의 죽음에 후회가 남는 것은 가족만이 아니다. 의료진도 마찬가지다.

스즈키 씨의 경우뿐만 아니라 종말기 환자에게 수액을 중단하거나 양을 줄이면 편안하고 기분 좋은 얼굴로 지내는 경우가 상당히 많다.

행복을 느끼는 신경 물질인 엔도르핀은 마약과 같아 본인은 고통을 느끼지 않고 기분 좋은 상태에서 사망한다. 말 그대로 꿈을 꾸듯 편안한 상태에서 숨을 거두게 되는 것이다.

물론 종말기 환자에게 의료 행위가 필요 없다는 뜻은 아니다. 필요한 의료, 즉 고통을 제거하는 행위는 적극적으로 하는 것이 좋다. 하지만 불필요한 고통을 초래하는 의료 행위는 최대한 배제해야 한다는 것이 내 생각이다.

인생은 처음부터 마지막 순간까지 '균형을 잡는 일'이 가장 중요하다.

많은 이가 이 사실을 깨닫고 그것이 상식으로 자리 잡기를 바란다.

"할 수 있는 모든 것을 했다."

이 말을 '할 수 있는 모든 의료 행위를 했다'는 뜻으로 해석하는 사람이 많다. 그게 아니라 '할 수 있는 한 고통을 덜어줬다'고 느끼게끔 하고 싶다.

'최대한 고통을 덜어줬다'
'좋은 인생이었다'
'저렇게 죽고 싶다'
이런 생각이 들게끔 말이다.

2030년에는 연간 사망자 수가 160만 명을 넘는 '다사(多死) 사회'가 도래한다고 한다. 그때는 죽음이 두렵고 슬픈 시대가 아닌 '죽음과 편안하게 공존하는 시대'가 됐으면 좋겠다.

## 죽을 때만큼은 남들 시선 신경 쓰지 않기를

위루가 필요한 환자는 입으로 음식물을 넘기지 못하거

나, 먹을 수는 있지만 툭하면 사레가 들려 오연성(誤嚥性) 폐렴을 일으키기 쉽다. 다시 말해 음식물로 영양을 섭취하지 못하는 사람들이다.

위루는 주로 내시경을 이용해 배에 작은 구멍을 내고 내위에 직접 영양과 수분, 의약품을 주입하는 방법을 사용한다. 때문에 인공적 수분영양보급법이라고도 불린다.

콧줄로 영양을 공급하는 방법에 비해, 위루는 한 번 실시하면 환자의 고통이 줄어들고 언어 훈련이나 입으로 음식물을 먹는 재활치료를 하기 쉽다는 장점이 있다.

한편 입으로 먹지 못하는 사람에게 그렇게까지 하는 것은 '인간성을 경시하는 행위'라는 의견도 있다. 꼼짝도 못하고 몇 년씩 목숨만 부지하게 만드는 잔인한 행동이라는 것이 그들의 주장이다. '그저 연명을 위해서 위루를 하는 것이 무슨 의미가 있는가'라는 의문을 던지는 것이다. 특히 언론매체에서 위루에 대해 부정적으로 다루는 경우가 부쩍 늘자, 급기야는 악당 취급을 받기에 이르렀다.

위루는 1970년대 후반, 미국에서 소아환자용으로 개발된 것이다. 원래 종말기가 가까운 고령 환자를 대상으로 한 치료법은 아니었다. 그런데 일본에서는 1980년대 이후 환자의 부담이 적은 내시경 수술 법이 부각되기 시작했다. 그렇게 위루는 고령의 움직이지 못하는 환자에게 오랫동안 영양 공급을 해줄 수 있는 새로운 대안으로 떠오르게 됐다.

언젠가 입으로 음식물을 섭취하지 못할 경우 환자는 다음 세 가지 방법 중 하나를 선택해야 한다.

위루로 연명하거나,

말초 수액이나 피하 수액으로 버티거나,

아무것도 하지 않거나.

하지만 현실에서는 코에 관을 넣거나 중심 정맥에 카테터를 삽입하는 경우가 꽤 많다. 위루가 사람이 못할 짓이라는 선입견이 생기자, 실제로 '위루는 절대 싫어요'라며 거부하는 환자와 가족이 늘었다. 모순적이지만 이들은 오래 살고 싶다는 욕망은 버리지 못해서 코에 관을 집어넣는 방법을 택하게 된다.

코에 줄을 연결하는 것과 배에 구멍을 내는 것…….

무엇을 감추랴. 콧줄을 넣는 경비경관영양은 위로가 보

급되기 전에 행해졌던 방법이다. 이 방법은 환자의 고통과 가족의 부담이 크다. 줄곧 관을 넣고 있으니 숨쉬기 힘들고, 호흡이 얕으니 폐렴을 일으키기도 쉽다. 결국 '코에 관을 넣는 방식이 윤리적으로 옳은 것인가'라는 논쟁이 일었고 그 뒤 위루가 보급됐다.

그런데 지금은 위루가 '악당' 취급을 받게 돼 경비 경관 영양이 다시 채택되고 있다. 이게 무슨 뜻일까? 현대의 의료가 10년 전으로 후퇴했다는 소리다. 우리는 지금 왔던 길을 되돌아가고 있는 셈이다.

물론 나도 무조건 위루를 추천하는 것은 아니다. 다만 환자의 마지막 시기를 대하는 사람으로서 말하자면, 특히 급성기 환자에는 위루가 적합하다고 생각한다. 예를 들어 뇌경색을 일으켰을 때는 위루를 만드는 편이 충분한 영양을 공급할 수 있어서 재활치료를 하기에도 수월하다. 그렇게 하면 다시 입으로 식사를 할 수 있게 되는 경우도 있다.

만약 한번 위루를 만들고 나면 평생을 위루를 통해 영양을 공급받아야 하는 것일까?

이 부분도 사람들이 흔히 하는 오해이다. 위루가 있어도 입으로 식사 할 수도 있고, 상태가 호전되어 입으로도 충분한 영양을 섭취할 수 있게 되면 위루를 덮기도 한다.

그러나 여전히 '그래도 위루는 싫어요'라고 거부하는 사람이 많다. 이것이 의료계의 현실이다. 하지만 체력을 회복하기에 수액만으로는 한계가 있다. 그래서 의료인으로서 내 생각을 말하자면 위루를 통해 영양분을 섭취하고 재활치료를 적극적으로 받는 것을 추천한다.

연명치료를 하는 경우에도 위루로 생명을 연장하든가, 말초 수액 또는 피하 수액으로 평온하게 쇠약해지도록 하는 방법이 좋다.

물론 누군가는 억지로 생명을 연장시키며 죽음을 미뤄두는 격이라며 악평을 쏟아낼 수도 있지만, 그만큼 시간이 더 필요한 사람도 있다. 그러니 이제부터라도 덮어놓고 위루가 나쁘다는 인식은 버리는 편이 좋다.

Part. 2

남겨질 사람

# 괜찮다, 당신이 떠나도 나는 담담히 나의 삶을 살아갈 테니

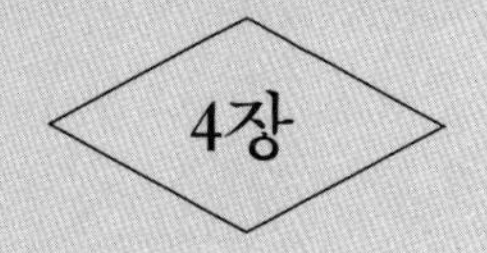

# 4장

## 후회, 죄책감, 상처로
## 얼룩지지 않는 이별을 위하여

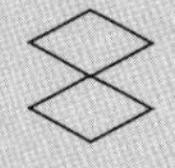

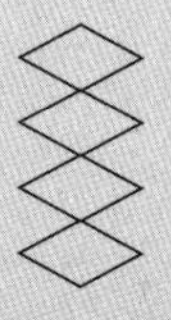

## 부모의 임종을 지키지 못하면 불효자일까?

'부모님의 임종을 지키지 못하는 것은 가장 큰 불효다.'

대개 사람들은 이렇게 생각한다. 그래서인지 어떤 상황이라도 부모가 위독하다는 이야기를 들으면 만사를 제쳐두고 뛰어가야 한다고 생각한다.

하지만 이 말은 부모가 죽는 순간에 그 자리에 있어야 한다는 뜻이 아니다. 이 말의 진정한 뜻은 '부모보다 먼저 죽는 것이 가장 큰 불효다'라는 뜻으로, 부모에게 자식을 잃은 슬픔을 떠안게 하지 않도록 스스로를 소중하게 여겨야 한다는 의미를 담고 있다.

그러나 여전히 유교 사상을 바탕으로 하는 동양권의 국가들 중에서는 부모의 임종을 지키지 못하는 것을 커다란 죄악으로 생각하곤 한다. 하지만 앞서 설명했듯이 부모가 죽는 순간에 그 자리에 있었는지 아닌지에 대해 지나치게 신경 쓸 필요는 없다. 죽을 때는 마지막 여행을 떠나는 당사자가 '최선의 타이밍'을 고르기 때문이다. 임종을 지키지 못했더라도 그날을 계속해서 붙잡고 후회하는 것보다는 앞으로의 시간 동안 떠난 사람을 기억하고 추억하면 된다.

나는 그 사람을 잊지 않고 오랫동안 기억하고 떠올리는 것이 최대의 애도라고 생각한다. 그러니 설령 임종을 지키지 못했다고 해서 더 이상 '부모의 임종을 지키지 못하는 것은 커다란 불효다'라는 말의 표면적인 해석에 얽매여 후회하지 말자. 불효자라는 말에 짓눌려 있던 마음을 비우고, 후회라는 이름의 무거운 짐을 내려놓아도 괜찮다.

## 사람은 누구나 '죽을 때'를 선택한다

병문안을 올 때마다 의식이 없는 어머니에게 불만을 토로하는 아들이 있었다.

"어머니, 대체 언제까지 이러실 거예요? 입원비 때문에 우리 생활이 힘들잖아요."

나는 기가 막혀 '어떻게 자식이 돼서 저런 말을 할 수 있지?'라고 생각했다.

하지만 그날은 조금 달랐다.

"어머니, 괜찮아요. 우리가 힘낼 테니 사시고 싶은 만큼 사세요."

무슨 바람이 불었는지 모르지만 아들이 평소와는 180도 다른 모습으로 어머니를 위로하며 이렇게 말했다.

그날 밤 어머니는 숨을 거뒀다.

이전까지는 병세에 전혀 차도가 없었기 때문에 의료진에게도 갑작스러운 일이었다. 아마도 그의 어머니는 지금까지 분해서 죽지 못했던 것이 아닐까? 그래서 그날 아들의 말을 듣고 이제는 가도 되겠다고 마음을 바꾼 것일지도 모른다.

아들이 그렇게 심한 말을 한 것은 실은 정반대의 의미가 아니었을까 하는 생각도 든다. 심술궂은 말을 하면 혹시나 어머니가 벌떡 일어나 대꾸라도 해주지 않을까 기대했을지도 모른다. 남 앞에서 다정하게 말하기가 부끄러워 일부러 툴툴거린 것일 수도 있다.

왜냐면 이 아들은 그래도 꼬박꼬박 어머니를 보러 왔기 때문이다. 그것만 봐도 어머니를 얼마나 아꼈는지 알 수 있다. 실제로 입원 기간 내내 찾아오지 않는 가족도 상당히 많다. 그러니 올 때마다 밉살스러운 말을 하긴 했지만 그는 어머니를 무척이나 사랑했을 것이다.

죽는 순간이라는 게, 실은 환자 본인이 그 '때'를 선택하는 게 아닐까 싶다.

오랫동안 입원했던 환자의 경우, 간호사들의 쉬는 시간에 숨을 거두는 사람이 많다. 식사 시간이나 아침 용변 처리 시간에 돌아가시는 분은 별로 없어서 우리가 바쁜 시간을 피해서 죽었다고 밖에 생각하지 못할 사례도 있다.

내 착각일 수도 있지만 정말로 우리를 생각해서 그 시간대를 피해준 게 아닐까? 장기간 입원해 있으면 자연히 간호사의 동선을 파악하게 되기 때문에 불가능한 일도 아니다.

환자에게도 좋아하는 간호사와 불편한 간호사가 있기 마련이다. 나는 야간 근무를 할 때면 "안녕하세요, 오늘은 제가 담당이에요"라며 환자 한 명 한 명에게 인사를 건네곤 하는데 그때마다 유독 반겨주는 환자들이 있다.

"아, 오늘은 간호사님이 담당이시군요. 다행이네요!"

'다행이다'라는 말을 들으면 기분이 좋아진다. 그만큼 나를 믿어준다는 뜻이고, 간호사로서 인정받는 듯한 느낌이 들기 때문이다.

간호사들은 종종 우리끼리 이런 말을 하기도 한다.

"그 환자분은 A 간호사를 좋아하니까 틀림없이 A가 야간 근무를 할 때 돌아가실걸."

그러면 정말로 그런 일이 벌어지니 참 신기한 노릇이다.

'사람이 갑자기 변하면 죽을 때가 된 것이다'라는 말도 있다. 실제로 거만하기 짝이 없었던 환자가 갑자기 부드러운 태도로 변하는 경우가 있는데, 그러면 간호사들 사이에서 화젯거리가 되기도 한다.

"그 환자가 나한테 고맙다고 했다니까?"

"혹시 그때가 온 걸까?"

인생의 마지막 시기는 가장 쇠약해진 상태이므로 타인의 다정함을 민감하게 느끼게 되는 듯하다. 그래서 솔직하게 마음을 표현하고 '고맙다'는 말도 할 수 있는 것이 아닐까. 그래서인지 적어도 내 기억 속에는 마지막까지 기분 나쁜 사람이었던 환자는 없다.

## 특별한 일을 해주기보다는 그저 곁에 있어주는 것이 좋다

시각, 미각, 촉각, 후각, 청각인 오감이 정지되면 그 대신 '육감'이 발달한다고 한다. 그 때문에 무언가 평소에는 느낄 수 없는 것들을 느낄 수 있는지도 모른다.

혼수상태로 의식이 없는 것이 분명한데도 가족이 곁에 있을 때는 맥박과 호흡이 안정되고 또 가족이 돌아가면 다시 불안정해지는 경우가 종종 있다.

내가 본 한 고령의 남자 환자는 뇌경색 후유증으로 꼼짝하지 못했다. 말을 할 수도 없고, 스스로 몸을 움직일 수도 없었다. 그는 하루 대부분을 눈을 감고 지냈다.

가끔씩은 아들이 병문안을 왔다. 아들은 항상 아버지에게 몇 마디 말을 건 뒤에 잠자코 곁에서 소설을 읽었다. 그때 환자의 호흡은 안정적이고 표정도 평온했다.

뇌경색으로 마비가 온 환자는 하루 종일 침대에 누운 채 생활하기 때문에 신체 관절이 굳거나 근육이 긴장되기 쉬운데, 그 환자는 그런 증상이 거의 나타나지 않았다. 아마 안심하고 편안하게 지내서 그랬는지도 모른다. 오감이 저하되고 움직일 수는 없었지만 아들이 곁에 있음을 육감으로 알아차렸을 수도 있다.

이와 반대의 경우도 있다. 의식이 없는 또 다른 환자가 있었다. 그는 안정적으로 평온한 상태를 유지하고 있었는데, 어느 날 아들이 "병원에 계시는데 왜 아직도 회복되지 않는 겁니까?"라고 의료진에게 언성을 높이며 화를 내자 곁에 있던 환자의 맥박과 호흡이 흐트러지기도 했다. 이 환자 역시 의식은 없지만 육감으로 주위 상황을 느낄 수 있었을 것이다.

의식이 없는 단계의 환자에게는 어떤 특별한 일을 해주

는 것보다 가족들이 조용하고 평온하게, 더 자주 곁에 있어주는 것이 좋다.

“돌아가시면 안 돼요! 기운을 내세요!”

당장이라도 환자에게 들릴 듯이 이렇게 외치는 가족도 있다. 환자에게 고스란히 전해질 긴장감과 압박감이 내게도 전해지는 듯했다.

문제는 이런 분위기 속에서는 환자가 편하게 마지막 여행을 떠날 수 없다는 것이다.

그런 경우 가족이 잠깐 자리를 비운 사이에 잠시 힘을 빼듯이 가버리는 환자도 있다. 마치 ‘가족들이 없을 때 떠나야 조금이라도 그들의 마음이 편하겠지’라고 생각하며 떠나는 것처럼 보인다.

가족이 강하게 붙잡고 있어 떠나지 못하는 환자를 보면, 어떤 때는 ‘이렇게까지 애쓰셨는데……. 이제 그만 놓아드리지’라는 마음이 들기도 한다. 물론 내가 감 놔라 배 놔라 할 여지는 없다. 환자는 남겨질 가족을 생각해서 애쓰는 것이리라. 생명의 위대함과 가족의 강한 인연을 느끼게 하는 순간이다.

언젠가 친구와 이런 대화를 나눈 적이 있다.

"아버지가 돌아가시기 얼마 전에 병문안을 간 적이 있어. 분명히 침대 주위로 커튼이 쳐진 상태였거든? 그래서 내 얼굴이 보일 리가 없는데, 아버지가 갑자기 '가즈오 왔니?'라고 하시는 거야."

친구의 말이 참 흥미로웠다.

"어떻게 알았냐고 물으니 '발소리로 알았지'라고 하셨어. 의사나 간호사의 발소리와는 다른 모양이야. 시력은 고사하고 의식도 희미하셨을 텐데……. 어떻게 아셨을까? 청각이 예민해진 걸까?"

"죽을 때는 육감이 발달한다는 말이 사실인가 봐."

이후 오감이 쇠퇴하고 새로 육감이 발달하는 이야기에 대해 친구랑 한참을 얘기했다. 우리의 결론은 시각이 어두워진 대신 청각이 발달해서 민감하게 주위 상황을 감지했을 거라는 것이었다.

오감 중에 청각은 가장 오래도록 살아 있다고 한다. 신체 기능이 떨어져 시각, 미각, 촉각, 후각이 둔화돼도 청각은 마지막까지 남아 있다는 사실을 기억하자.

그러고 보니 한 여성 환자가 자식들이 다투는 소리를 듣고 다시 숨을 쉬기 시작한 경우도 있었다.

호흡의 간격이 점차 길어지다가 더 이상 호흡 소리가 들리지 않게 되자 환자가 슬슬 숨을 거두겠다고 생각했다. 그 자리에 있던 두 아들도 그렇게 느낀 모양이었다. 갑자기 두 사람은 유산 문제로 싸우기 시작했다.

"내가 장남이니까 더 가져야지."

"무슨 소리야. 어머니를 실제로 간병한 건 나야. 형보단 내가 더 많이 받아야 해."

나는 어이가 없어서 말이 나오지 않았다. 꼭 이런 때, 이런 곳에서 유산 문제로 다퉈야 하나 생각하는데 갑자기 환자가 다시 호흡을 하기 시작했다. 그러자 두 아들은 눈이 휘둥그레져서 싸움을 멈추고 어머니를 쳐다봤다.

마지막 가는 길까지 멍청한 짓을 하는 두 아들을 보며 눈이 감기지 않으셨나 보다.

솔직히 이런 불효자들이 있나 생각했다. 어머니가 돌아가셔도 자신들은 사이좋게 잘 지낼 수 있다고 안심시켜드리는 것이 진정한 효도가 아닌가.

환자는 그 뒤로도 두 시간이나 호흡을 지속하다가 마침

내 숨을 거뒀다. 비단 그 환자뿐만이 아니다. 다른 많은 환자도 마지막 순간까지 '어떤 것'을 느끼는 듯하다.

부모님이 죽음을 앞에 두고 있다면 언제 숨을 거두실지 긴장하며 곁을 서성이는 게 아니라 이렇게 말하도록 하자.

"낳아주고 키워주고 사랑해 주셔서 지금까지 정말 감사했습니다. 가시고 싶을 때 언제든지 가세요. 그때까지는 편하게 있으셨으면 좋겠어요."

감사의 마음을 전하고 편안하게 해드릴 수 있게 노력하자. 부드러운 기분으로 마지막 순간을 지켜드린다면 적어도 그 순간을 후회할 일은 없을 것이다.

## 말이 통하지 않는 환자와 대화 하는 법

108세인 다에코 씨는 뇌경색을 앓고 있어 대화가 힘들었다. 아무리 말을 걸어도 그녀의 대답은 들을 수 없었다. 하지만 의사소통을 할 수는 있었다. 그게 어떻게 가능했을까?

그녀는 동요를 정말 좋아했다. 우리가 첫 소절을 부르면 다에코 씨가 그 뒤를 따라 불렀다. 내가 '토끼와 거북이'라는 동요의 첫 소절인 '여보세요, 거북아'라고 말하면 '거북아'라며 따라 하는 식이였다.

주파수가 같은 것들은 서로를 잡아당기며 공명한다. 함께 노래 부르는 행동은 주파수를 맞추는 것과 같다. 다에코 씨에게 합창은 '당신과 함께 있다', '나는 당신의 친구다'라는 공감의 표현이었다.

기분이 나쁘거나 곤란한 일이 있다면 함께 노래를 부를 리 없다. 다에코 씨가 우리의 노래를 따라 부르는 모습이 내게는 '괜찮아요, 난 잘 지내고 있어요'라고 말하는 것 같았다.

다에코 씨에게는 또 다른 특이한 버릇이 있었다.

"알로하, 알로하."

그녀는 이 말을 자주 했다. '알로하'는 하와이어로 '안녕'이라는 뜻인데, 이 말을 검색해보니 '고마워', '어서 오세요', '잘 있어요' 같은 표현이기도 했다. 그 밖에도 '애정', '긍지', '환영', '신뢰', '사랑' 등 다양한 의미가 있다. 다에코 씨가 어떤 의미로 이 말을 하고 다녔는지는 잘 모르지만 적어도 부정적인 의미로 이 말을 하진 않았을 것이다.

정확히 대화를 하진 못해도 이렇게 분위기로 의사소통은 할 수 있다.

## 집에 가고 싶다는 엄마의 마지막 부탁

아이처럼 사랑스럽게 웃던 가요 씨는 언젠가부터 침대에 누운 채로 지내더니, 이제는 하루 대부분을 잠든 상태로 보내게 됐다. 그녀는 가족의 사랑을 듬뿍 받는 사람이었다.

가요 씨는 104세라는 고령의 나이에도 불구하고 반 년 전까지만 해도 집에서 스스로 화장실에 가고 식사도 하며 건강하게 생활했다. 그러던 어느 날 갑자기 넘어져서 대퇴골 경부가 부러졌고 병원에 입원하게 됐다.

대퇴골 경부골절은 50세가 넘은 여성에게 흔히 일어나는 일이지만, 죽음에 이를 수도 있는 큰 부상이다. 여성호르몬은 뼈의 손상을 억제하는 작용을 한다. 하지만 폐경과

더불어 여성호르몬이 거의 분비되지 않으면 그때부터 뼈가 급격히 쇠약해지면서 골다공증이 나타나기 쉽기 때문에 위험하다.

어쨌든 그렇게 우리 병원에 입원한 가요 씨는 노환으로 음식을 삼킬 수 없었기 때문에 그녀의 가족은 수액으로 영양을 공급하길 원했다.

인간은 영양을 섭취하지 않으면 생존할 수 없다. 그러므로 종말기 환자가 입으로 수분이나 영양을 섭취하지 못하는 상태가 되면 의사와 가족은 주사로 영양을 공급하는 방법에 대해 고민해야 한다.

수액을 통한 영양 공급이 장점보다 단점이 크다면 시행하지 않거나 소량으로 진행하는 것이 상책이다. 종말기에 과도한 영양을 투입하면 신체가 미처 받아들이지 못하는 수분과 영양이 체내에 쌓여 몸이 붓거나 심장과 폐에 부담을 줄 수 있다. 가래가 쌓이면 호흡도 어려워지기 때문에 위급한 상황이 될 수도 있다.

이때 의사는 가족의 뜻을 존중한다. 그래서 최소량의 수액을 주입하면 환자에게는 거의 영향을 미치지 않으면서 가족의 마음은 편하게 해줄 수 있으니 이 방법이 어떻냐고 먼저 말하는 의사도 있다.

가요 씨의 병실에 갔을 때 그녀는 수액이 떨어지는 것을 보고 있었다. 내가 온 것을 알아차리자 잠깐 시선을 내게 돌렸지만 곧 다시 떨어지는 수액을 쳐다봤다. 희다 못해 핏기 없는 얼굴에는 모든 감정이 사라져 사람이라기보다는 정교한 인형처럼 보였다. 이미 몸이 쇠약해질 대로 쇠약해져 혈관을 찾기 어려웠고, 혈관을 찾아 바늘을 찔러도 얼마 안 가 수액이 새곤 했다. 매일 팔에 바늘을 찔려가며 끊임없이 고통을 느껴야 했다.

불필요한 고통을 계속해서 견뎌야 하는 환자 중 일부는 매번 일일이 화를 내거나 한탄하면 심리적으로 버틸 수가 없기에, 차라리 아무것도 느끼지 않는 척하며 자신의 마음을 지킨다.

가요 씨도 그런 경우가 아닐까.

무엇보다 그렇게 잘 웃었던 가요 씨의 얼굴에서 미소가 사라진 것이 서글프고 안타까웠다. 그녀가 '정신적 죽음'을 맞이하고 있다는 뜻이었기 때문이다. 의사는 직접 수액을 놓지 않으므로 그런 광경을 보지 못한다. 그래서 앞서 말했듯 '최소량의 수액을 주입하면 환자에게는 거의 영향을 미치지 않는다'고 하지만 실제로는 큰 영향을 미친다.

환자의 가족에게 조언하자면, 한 번쯤 입원한 환자가 어떻게 지내는지 하루를 온전히 지켜볼 필요가 있다.

어떤 사람은 '죽음을 앞둔 환자가 그래도 병원에 있는 편이 낫겠지……'라는 막연한 생각에 자주 찾아오지 않다가, 어느 날 환자의 팔에 환자의 팔에 주삿바늘이 좀처럼 들어가지 않아 간호사들이 교대로 3시간이 넘게 매달리는 모습을 보고 울며 소리쳤다.

"더 이상 하지 마세요! 이제 그만해요!"

그러니 한 번은 직접 환자의 하루를 면밀히 관찰해보자.

어느 날은 하루 종일 수액만 쳐다보는 가요 씨에게 다가가 말을 걸었다.

"죄송해요……. 이제 다 지긋지긋하시죠? 왜 나를 이렇게까지 괴롭히나 싶죠? 편하게 잠들고 싶은데……."

나는 가요 씨의 손을 잡고 문질러주며 말을 이었다.

"하지만 가족분들이 수액을 놓아달라고 하는 건, 가요 씨를 사랑하기 때문이에요. 그분들도 힘들 거예요……."

귀가 어두운 가요 씨는 아마 내 말을 듣지 못했을 것이다. 하지만 가요 씨는 눈을 감은 채 천천히 고개를 끄덕였다. 이렇게 환자의 손을 어루만져 주거나 미소 짓거나 머리를 쓰다듬어주는 것만으로도 환자에게 큰 위로를 주기도 한다.

가요 씨는 하루가 다르게 쇠약해졌다. 호흡이 약해졌고 누가 봐도 이제 그녀에게 남은 시간이 얼마 없다는 걸 알 수 있을 정도였다. 그 무렵에는 큰딸이 매일 병문안을 왔는데, 내가 가요 씨의 호흡이 불안정하다고 전하자 세 딸이 번갈아 가며 병실에서 자고 갔다.

딸들이 그렇게 병실을 지킨 지 사흘째 되는 밤이었다. 큰딸과 둘째 딸이 가요 씨 곁을 지키고 있었는데 두 딸 모두 안절부절못하며 굳은 표정을 피지 못했다. 병실에는 긴장감이 가득했다.

'이제 곧 숨이 멎겠구나……' 하는 때였다.

가요 씨가 갑자기 엄청난 힘을 발휘해 몸을 일으켰다.

그 바람에 침대에서 떨어질 뻔했다. 그녀는 뭔가 말하고 싶은 게 있는지 입을 옴짝달싹했다.

"엄마, 왜 그러세요? 무슨 말이 하고 싶어요?"

큰딸이 물었지만 바싹 마른 가요 씨의 입에서는 말이 나오지 않았다. 나는 구강케어용으로 사용하는 2퍼센트 중조수를 스프레이로 입안에 세 번 정도 뿌렸다. 그러자 가요 씨의 입에서 끊어질 듯 가는 말이 흘러나왔다.

"집에…… 가고 싶어……."

가요 씨의 눈에는 눈물이 맺혀 있었다.

집에 데려다 달라는 엄마의 마지막 부탁에 딸들은 묵묵히 그녀를 쳐다볼 수밖에 없었다.

잠시 후 침묵을 깬 것은 큰딸이었다.

"엄마를 집으로 모시자."

"그래, 그렇게 하자."

둘째 딸도 찬성했다.

"엄마, 미안해요. 이제 우리 집에 가요."

큰딸이 가요 씨의 귓가에 말했다. 그녀는 귀가 어두웠지만 그 말만큼은 들을 수 있었다. 창백했던 가요 씨의 얼굴에 갑자기 핏기가 돌았다.

"고맙다……. 고마워."

가요 씨가 두 손을 모으고 말했다. 그녀의 얼굴이 정말로 기쁘고 행복해 보여서 나까지 눈시울이 뜨거워졌다. 두 딸도 눈물을 글썽이며 미소 지었다. 방금 전까지만 해도 병실에 감돌았던 긴장감이 사라지고, 편안함이 그 자리를 메웠다.

## 소중한 사람을 보내기 위해서는 특별한 각오가 필요하다

'종말기'라는 엄중한 상황에서도 웃음꽃이 필 수 있다. 오히려 엄중한 상황이기에 그때 피어난 미소는 어떤 것과도 바꿀 수 없는 감동과 위안을 준다.

위독한 상황이 아니더라도 소중한 사람이 병에 걸리면 앞으로 어떻게 될지 걱정스럽기 마련이다. 하지만 이때 '이제부터 무엇을 할까'라고 불안해하는 것이 아니라 '앞으로 어떻게 할까'라고 방향을 정하는 것이 중요하다. 뜻이 정해지면 일은 자연스레 풀리기 마련이다.

집으로 돌아온 가요 씨는 함박웃음을 지었다고 한다. 물론 수액도 중단했다. 그리고 다음 날 새벽 한 시, 가요 씨는 가족들이 지켜보는 가운데 숨을 거뒀다.

그녀가 집에서 지낸 것은 열 시간에 불과했다. 하지만 가요 씨와 가족들은 두 번 다시없을 소중한 시간을 보냈을 것이다.

얼마 후 가족들이 내게 찾아와 '집에 모시고 오길 정말 잘했어요'라고 말했다. 그 말을 듣고 나도 진심으로 기뻤다. 가요 씨는 가장 편안한 공간에서 가족의 사랑을 느끼며 천국으로 갔을 것이다.

처음에 가족들은 '아무것도 안 하고 집에서 돌아가시게 둘 수는 없다'고 말했지만, 가요 씨의 마지막 부탁에 마음을 정한 듯했다.

소중한 사람을 보내주는 일에 처음부터 각오를 다지기란 여간 어려운 일이 아니다.

각오는 상황에 대처하면서 생기는 것이다. 가요 씨의 딸들은 번갈아 가면서긴 해도, 병원에 머물며 사흘간 어머니를 보살펴보니 집에서도 할 수 있겠다는 각오를 다질 수 있게 된 것 아닐까. 가요 씨의 '집에 가고 싶다. 데려다줘' 라는 말이 그들의 결심을 굳혔다.

그때부터 분위기가 변했다. 덕분에 정말로 평온하게 가족과 시간을 보낼 수 있었다.

가장 최악의 상황은 미래를 자신의 손으로 결정하는 일이 두려워, 어떤 선택도 행동도 하지 않는 것이다.

무엇을 할지 몰라 망설여진다면 일단 행동하자.

그러면 무엇을 할지 눈에 보이고, 당신의 결정을 주위 사람들이 도와줄 것이다.

결정을 해야 하는 순간에는 '이것이 최선인가, 달리 선택지는 없는가' 하는 불안에 휩싸일 수 있다. 하지만 죽음을 마주하지 않고 상황을 회피하기만 한다면, 지금 할 수 있는 일도 타이밍을 놓쳐 후회만 남게 된다.

가능 여부만 따지지 말고, 책임 여부를 두려워하지 말고 무엇이 중요한지 생각하자.

환자가 사실은 어떻게 하고 싶은지를 자세하게 들여다보자.

지금 한 번 더, 진지하게 생명과 마주하도록 하자.

일본에서는 자신의 집에서 죽음을 맞이할 수 있는 정책을 추진하고 있다. 아직 재택 의료 시스템이 충분히 갖추어져 있지는 않다. 하지만 오래도록 간병이 계속된다면 몰라도, 며칠 길어야 몇 주밖에 남지 않았다면 집으로 모셔서 간병하고 싶다는 가족이 늘고 있다. 마지막을 편안한 장소에서 배웅하겠다는 것이다.

가요 씨처럼 집에 있을 수 있는 시간이 반나절도 채 되지 않을 수 있지만 귀중한 시간임에는 틀림없다.

다시 한번 짚어보자면, 소중한 사람을 보내는데 필요한 각오는 '어떻게 될까'라고 불안해하는 것이 아니라 '어떻게 할까'라는 의사를 정하는 것이다.

소중한 사람과 둘도 없는 시간을 후회 없이 지낼 수 있기를 진심으로 바란다.

## 부모가 죽고 난 뒤 꺼내야 할 첫마디

앞서 이야기했던 기미 씨가 떠나고 난 후의 일이다. 마지막 여행을 떠난 그녀 곁에서 가족들은 추억을 나누고 있었다. 비록 숨을 거둔 뒤였지만 급하게 뛰어 들어온 딸이 말했다.

"여자 혼자 몸으로 우리 삼 남매를 키우느라 정말 힘드셨을 거야. 엄마에게 진심으로 감사해."

그러자 장남이 말했다.

"그러고 보니 100번째 생신에 간호사님이 엄마를 휠체어에 태워주셔서 모두 함께 사진을 찍었지."

"아, 맞아. 그 사진 내가 갖고 있어!"

차남의 말에 딸이 사진을 보여 달라고 재촉했다. 기미 씨가 떠난 뒤에도 병실에는 화기애애한 대화가 그 자리를 메웠다.

이 분위기는 원래부터 이들 남매 사이가 좋아서 그런 것도 있겠지만, 차남이 엄마에게 건넨 마지막 마법의 말 때문이었다. 바로 '고마워'이다.

앞서 차남이 했던 말을 기억하는가?

"엄마, 고마워요. 저희는 이제 괜찮아요."

만약 그때 그가 이렇게 말했다면 어떻게 되었을까?

"엄마, 죄송해요. 집으로 모시지 못해서 죄송해요."

이렇게 되면 뇌는 엄마에게 '죄송했던' 모든 기억을 끄집어내어 그 자리를 눈물바다로 만들었을 것이다.

여자 혼자 몸으로 고생시켜서,

집으로 모시지 못해서,

더 잘하지 못해서,

어릴 때 힘들게 해서…….

부모의 마지막 순간에 죄송했던 기억을 꺼내놓자면 날을 새도 모자랄 것이다.

하지만 차남이 '고마워요, 저희는 괜찮아요'라고 말한 덕분에 가족들은 고마운 기억을 찾아내 슬픈 순간에도 훈훈한 대화를 나눌 수 있었다.

이별은 누구에게나 안타까운 일이다. 그래서 우리는 자칫 그 슬픔에만 주목하기 쉽다. 하지만 돌아보면 인생에는 이별만 있는 것이 아니고 분명 행복했던 기억이 훨씬 많을 것이다.

어느 날 고령의 남성 환자가 사망한 뒤 그의 아들에게 이런 말을 한 적이 있다.

"아버님이 웃으시면 아이처럼 귀여우셨어요."

그러자 아들이 놀랍다는 어투로 말했다.

"아버지가 입원 중에 웃었다고요?"

"자주 웃으셨어요. 이가 하나밖에 남지 않으셔서 웃을 때 아이처럼 귀여우셨죠."

내 말에 아들의 눈가가 촉촉해졌다.

"아버지의 병원 생활이 힘들고 고통스럽기만 한 건 아니었군요."

고령의 환자는 종종 '섬망(Delirium) 증상'으로 혼란스러워한다. 이는 신체 질환이나 약물 또는 술로 인해 뇌의 전반적인 기능장애가 발생하는 증후군이다. 인지 기능 저하는 물론 급격한 기분 변화와 행동 장애를 일으키고 하루에도 증상의 정도가 계속해서 변한다.

실은 남자의 아버지도 다른 병원에서 옮겨온 터라 적응하기 힘들어했다. 게다가 섬망 증세 때문에 왜 내가 이런 곳에 있냐고 혼란스러워하며 간호사를 때리기도 했다. 아마도 그 모습을 본 아들은 자신이 아버지를 집으로 모시지 않아서 화가 났다고 생각한 모양이다.

집에는 아픈 어머니가 있었고, 아들은 집에 오면 어머니를 돌봐야 했다. 두 사람을 동시에 간병하는 것이 힘에 부친 아들은 아버지를 입원시켰다. 남자는 그로 인한 죄책감을 지울 수가 없었다.

"아버지께 죄송해서 쉽게 병문안을 올 수 없었어요. 그런데 아버지의 병원 생활이 그저 힘들고 고통스럽기만 하진 않았군요. 간호사님의 말을 들으니 마음이 놓이네요. 위안이 됩니다."

섬망 상태의 원인이 환경 변화일 때는 증상이 길게 지속되지 않는다. 며칠만 지나면 본래의 온화한 성격으로 돌아온다. 놀라지 않고 기다려주는 시간이 필요하다.

남자의 아버지도 마찬가지였다. 첫 주에는 간호사가 뭔가를 할 때마다 때리려 했지만, 점차 새로운 환경에 적응하면서 웃음을 되찾았다. 그러나 아버지가 자신에게 화가 나 있다고 생각한 아들은 변화를 알아차리지 못했다.

내가 '웃으시면 아이처럼 귀여웠다'는 말을 하지 않았다면 아들은 아버지가 힘들고 괴로운 날을 견디다가 돌아가셨다고 생각했을 것이다. 그래서 나는 고인이 마지막 순간을 행복하게 맞이했음을 알려주기 위해서라도 환자에 관한 좋은 추억을 가족에게 들려주곤 한다.

## 사랑하는 이의 죽음을 받아들인다는 것

죽음을 받아들인다는 것은 결국 '죽음과 정면으로 마주하는 것'이 아닐까.

때가 오면 우리 의료진은 가족들에게 "이제 마음의 준비를 하세요"라고 말한다. 물론 그 시기를 정확히 예측할 수는 없다. 가망이 없어 보이던 환자의 상태가 기적적으로 호전되기도 하기 때문이다. 그러면 가족들은 '마음의 준비를 하라'는 말을 오히려 여러 번 듣게 되는데, 그런 과정을 거치면서 가족들은 진정으로 마음의 준비를 할 수 있게 된다.

얼마 전 이제 '그때'가 왔다고 생각되는 환자가 있어서 가족들에게 이렇게 고했다.

"오늘이 마지막이 될 수도 있습니다. 밤에 전화 드릴지도 몰라요."

그러자 의외의 답변이 돌아왔다.

"마지막이라는 애기를 벌써 일곱 번이나 들었어요. 이제 저희도 꽤나 마음의 준비가 돼 있답니다."

이 가족들은 이미 여러 번 '위중하다'는 말을 들었나보다. 정말로 그 말에 사기를 당했다고 생각했거나 분노했다는 의미는 아니었다. 그들은 이미 여러 번 '이제 마지막'이라는 사기를 당하면서 자연스럽게 죽음을 받아들일 각오가 됐을 것이다. 물론 아무 근거 없이 '위중하다'는 경고를 받진 않았겠지만 '예행연습'을 여러 번 겪으면 사람들은 사랑하는 사람의 죽음을 받아들이게 된다.

마음속으로는 이미 죽음을 받아들였지만 말로 표현하지 않는 경우도 있다. 일단 입 밖에 내면 그것이 현실이 될 것 같아 두렵기 때문이다.

환자에게 피하 수액 주입을 허용하지 않는 가족이 있었다. 우리 의료진에게 하는 말인지, 입원한 90대 할머니에게 하는 말인지 확실하지 않았다.

"끝까지 힘내세요."

일반적으로 피해 수액은 '죽음에 가까워지는' 이미지가 있다. 그래서 가족들이 '아직 돌아가시게 할 수는 없어요'라고 말하면, 아무리 환자가 고통스러워해도 팔이나 다리에 말초 정맥용 수액을 놓을 수밖에 없다.

이 할머니의 가족은 매일 병원에 찾아왔으니 하루라도 환자가 더 살기를 진심으로 바랐을 것이다. 그런데 그 간절한 마음이 클수록 죽음을 받아들일 준비가 되지 않았을 수도 있다.

어느 날 밤, 할머니를 보러 갔더니 이미 숨이 멈춰 있었다. 더 이상은 힘드시겠다고 생각했지만 그날이 오늘이라고는 생각하지 못했다. 당연히 가족에게도 아무 말도 하지 않았다. 가족들이 화를 낼지도 모르겠다고 생각했다. 그렇다고 잠자코 있을 수만은 없었다.

내가 전화를 하자마자 가족들은 단숨에 병원으로 달려왔다. 나는 그들이 분노를 터뜨릴 거라고 생각했고 이미 각오하고 있었다. 그런데 가족들이 침대에 누워 있는 할머니에게 이렇게 말하는 것이 아닌가.

"할머니, 잘 됐네요. 할머니 소원이 이루어졌어요."

이게 무슨 일인가 싶어 어리둥절한 나에게 가족들은 할머니가 꽤 예전부터 이 병원에서 죽고 싶다고 말씀하셨다고 했다. 가족들은 할머니의 바람이 이루어져서 진심으로 다행이라고 말한 것이다.

왜 처음부터 그 말을 하지 않았을까?

처음에는 좀 의아했다. 그 말을 입 밖에 내면 소원이 이루어지지 않을 거라고 생각한 걸까. 아니면 본인의 소원을 그렇게 말함으로써 가족들에게 평온한 마음이 들게 해주려던 것이었을까.

할머니의 마지막 선물은 인생의 마무리, 즉 죽음을 받아들일 수 있게끔 만들어 준 것일지도 모른다는 생각이 든다.

## "오늘은 주무시고 가는 게 좋겠어요"라는 말의 의미

"평소에 죽음에 대해 계속 생각해두면 죽음에 대한 두려움이 줄어든다."

의료관계자 중 누군가가 한 말이다. 일리가 있다. 죽기 전에 어느 정도 마음의 준비를 하면 실제로 그 일이 발생했을 때 생각보다 담담하게 죽음을 받아들일 수 있다는 말이다. 물론 슬픔을 피할 수는 없겠지만.

그러나 이 말은 뒤집어 말하면 마음의 준비가 돼 있지

않은 상태에서 소중한 사람이 죽으면 혼란에 빠질 수 있다는 뜻이다.

의료진은 환자의 죽음을 어느 정도는 예측할 수 있다. 그렇다고 그것을 가족에게 직접적으로 전달하기는 어렵다. 그럴 때 의료진은 어떤 식으로 죽음을 귀띔해 줄까?

죽음이 임박했다고 느끼면 "이제 얼마 안 가 숨을 쉬지 못하실 수도 있어요"라든가 병실을 떠나려는 가족에게 "혹시나 이제 마지막일 수도 있어요"라고 말한다. 이렇게 말해주지 않으면 소중한 가족의 마지막을 함께하지 못할 수도 있기 때문이다. 그러면 가족들은 이 말에 숨은 뜻을 알아듣고 "그럼 조금 더 이야기하다가 갈게요"라고 말하곤 한다.

이렇게 말해주는 것은 직접적인 편이다. 턱을 아래위로 움직이는 하악 호흡을 하며 생애 마지막 호흡을 하거나 맥이 잡히지 않는 상태가 되면 정말로 몇 시간이 채 남지 않았다는 뜻이다. 그럴 때 간호사가 가장 많이 하는 신호는 바로 이 말이다.

"오늘은 주무시고 가는 게 좋을 것 같아요."

물론 모든 간호사가 이렇게 말하는 것은 아니다. 환자를 돌보는 사람도 나이가 들어 보호자가 80대나 90대인 경우 병원에서 잠을 자면 상태가 나빠지기도 한다. 그럴 때는 댁에서 푹 쉬시고 내일 아침에 '일찍' 오시라고 말하곤 한다.

우리가 느끼는 '때가 왔구나'라는 감은 상당히 높은 확률로 적중한다. 사실 이것은 단순한 감이 아니다. 안색이 나쁘다, 식사를 할 수 없게 됐다, 몸이 붓고 혈액 순환이 잘 되지 않는다, 소변이 나오지 않는다 등 간호사로서의 경험이 여러 방면으로 작용한다.

그러니 입원한 지 하루 이틀 된 환자를 한눈에 쓱 보고 판단할 수는 없는 노릇이다. 환자의 상태를 일주일 전, 하다못해 전날이라도 비교해봐야 알 수 있기 때문이다. 어느 정도 시간을 들여 관찰해야 예측할 수 있다는 말이다.

가족들은 대체로 의료진의 말을 통해 상황을 예측한다. 하지만 그중에는 우리의 말을 전혀 받아들이려 하지 않는 사람도 있다. 그럴 때는 의사가 객관적인 데이터를 보여주며 '검사 수치가 이 정도로 좋지 않으니 마음의 준비를 하라'고 설명하기도 한다. 배려가 없는 말투라고 느낄 수도 있겠지만 한시라도 빨리 마음의 준비를 하길 바라는 심정에서 하는 말이다. 우리는 그게 환자와 가족을 위하는 일이라고 믿는다.

좋은 일을 기대하는 것도 좋지만 한편으론 언제든지 일어날 수 있는 나쁜 일에도 대비하자.

## 의료진이 당신을 차갑게 대하는 이유

환자를 염려하는 가족에게는 때때로 의사나 간호사 등 의료진의 말과 태도가 차갑게 느껴지기도 한다. 우리가 이렇게 행동하는 데는 나름의 이유가 있다. 사실 의료진 역시 환자가 죽으면 '이렇게 했으면 더 좋았을 텐데', '이게 맞는 거였어'라고 속으로 후회한다. 실제로 나도 그런 이야기를 상담 비슷한 방식으로 간호사나 간병인들에게 들을 때가 있다.

어느 날 함께 일하던 간호사가 잠깐 의논할 일이 있다고 운을 뗐다. 들어보니 최근에 돌아가신 환자에 대한 이야기였다.

"실은……. 제가 석 달 전에 식사를 도와드리고 있었는데 사레가 들렸는지 콜록거리시더라고요. 그다음 날 열이 나고 폐렴으로 발전해서……. 치료를 받았지만 그때부터 식사를 할 수 없게 됐어요. 저 때문에, 음식물이 잘못 들어가서 폐렴이 생긴 거 아닐까요? 그래서 일찍 돌아가신 거면 어쩌죠?"

그러나 그 환자는 이미 체력이 많이 떨어져서 반복적으로 폐렴을 앓고 있었다. 다른 사람이 보살필 때도 마찬가지였다. 식사를 하다가 사레들리는 일이 빈번했다는 사실은 누구나 알고 있는 이야기였다.

"다른 사람이 간호했을 때도 자주 그랬잖아요. 그러니 누구 탓도 아니에요."

내가 이렇게 말하자 그 간호사의 눈에서 눈물이 흘렀다.

"그렇죠?"

아마 본인도 자기 탓이 아니라는 사실은 알고 있었을 것이다. 하지만 다른 사람에게 확인받고 싶었으리라.

어떤 남자 간병인은 환자가 숨을 거두자 "제가 아무것도 해준 게 없네요"라며 눈시울을 붉혔다. 그의 말은 사실이 아니었다. 그는 혼자서 40명이 넘는 환자를 돌보고 있었다. 물론 그 환자의 마지막 순간을 지킨 건 우리 간호사들이었지만, 그렇다고 해서 그가 환자에게 아무것도 해주지 못한 것은 아니었다. 나는 고개를 숙이고 있는 그에게 다가가 말했다.

"아뇨, 당신이 다른 환자를 돌봐준 덕분에 우리가 그 환자분을 편안히 보내드릴 수 있었어요. 정말 고마워요."

그제야 그의 얼굴에 안도가 어렸다.

"그런가요? 저도 도움이 됐다니 다행이군요."

간호사나 간병인 직군은 자신의 감정을 통제할 수 있어야 한다. 그래서 얼핏 보면 죽음을 접해도 태연해 보이는 그들의 모습이 차가워 보일지 모른다. 그러나 실상은 그렇지 않다.

누군가가 죽는다는 건 몇 번을 겪어도 도저히 익숙해지지 않는다. 보내드릴 때마다 슬픔이 찾아온다. 때로는 환자가 마지막까지 겪는 고통스러운 시간을 공유하기도 하므로 '이제야 고통에서 해방됐군요'라며 위로의 말을 속으로 건네기도 한다.

나는 냉정한 말투로 '임종하셨습니다'라고 환자 가족에게 설명하는 의사가 사망진단서를 무척이나 꼼꼼하게 쓰는 모습을 본 적이 있다. 나도 모르게 그 의사에게 이렇게 말했다.

"선생님, 사망진단서를 정말 정성껏 쓰시네요."

의사는 이렇게 대답했다.

"이 작고 얇은 종이 한 장이 뭔지……. 이 한 장으로 환자가 살아 있었다는 증거가 기록에서 사라지니까요. 그러니 이렇게 무거운 종이 한 장이 또 어디 있겠어요?"

무뚝뚝하고 차가워 보이지만 진심으로 환자를 생각하는 의사였다.

## '죽지 않도록' 사는 삶은 의미가 없다

"그렇게 하면 돌아가실 수도 있어요."

중증 환자가 무언가를 하려고만 하면 가족이나 의사가

이런 말을 하며 말리는 경우가 종종 있다. 특히 요양 병동에서는 빈번하게 일어나는 일이다.

오해를 무릅쓰고 말하자면, 나는 치료의 목적을 '죽지 않도록' 하는 것은 아까운 일이라고 생각한다.

그 대신 누구나 마지막까지 충실히 삶을 만끽하길 바란다. 그렇게 삶을 온전히 누린 뒤에 죽음을 맞이하면 좋겠다. 그렇게 하면 죽음은 곧 '삶을 살았다는 증거'가 된다.

그러니까 '그렇게 하면 돌아가실 수도 있어요'라는 이유로 환자가 하고 싶어 하는 일을 말리는 것은 결국 그 사람이 살고자 하는 마음을 꺾어버리는 행위라고 할 수 있다.

무슨 일을 하든 가장 중요한 건 '자신의 생각과 의지'다. 그런데 당사자의 의사를 뒷전으로 하고, 원래는 본인이 결정해야 하는 일을 가족과 의료진이 결정하는 것은 주객전도라고 생각한다. 물론 환자의 의식이 흐려졌을 때는 선택을 대신해줄 수도 있지만 말이다.

최후의 순간까지 인생의 주인공은 당신 자신이다. 죽음이 다가오는 순간에도 그래야 하지 않을까?

그렇다고 이런 내 생각을 환자의 가족에게 강요할 수는 없다. 당사자의 인생에 내가 참견할 수는 없기 때문이다. 간호사라는 이유로 '이렇게 하면 어때요?', '저렇게 하면 어떨까요?' 하는 것도 말이 안 되는 일이다.

후회 없는 선택을 하는 것도 중요하지만 최종적으로는 자신에게 어울리는 죽음을 스스로 선택하는 것이 가장 중요하다.

이를 위해 나는 환자가 '평온한 최후'를 맞이할 수 있도록 노력한다. 생명의 마지막 순간에 관여하는 우리 의료진의 역할이기 때문이다. 다만 '나의 마지막 순간에는 내 뜻에 반하는 연명 행위는 하지 않기를' 바란다.

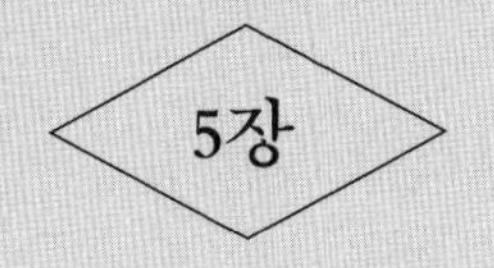


# 마지막 여행을 떠나는 사람이 진정으로 바라는 것

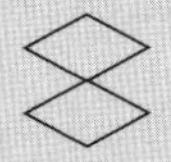

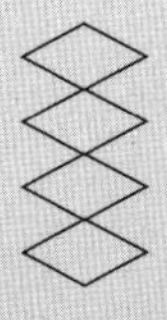

## 존엄: 대장암 말기 환자를 움직이게 한 의외의 말

99세가 되는 이토 씨는 키가 작고 허리가 구부정한 할머니다. 그녀는 항상 생글생글 웃고 있었고, 붙임성 있는 성품에 말씨도 예의 발랐다. 가족과 병원 의료진에게도 사랑받는 존재였다.

이토 씨는 다리와 허리가 약해서 휠체어를 타고 이동해야 해서 항상 누군가의 도움이 필요했다.

"미안해요. 항상 신세만 져서. 어서 저승에서 데려가야 할 텐데."

그녀는 도움을 받을 때마다 눈물을 글썽이며 그렇게 말

했다.

"그런 말씀 마세요. 이게 저희들 일인 걸요."

간호사들은 항상 그렇게 말했다. 하지만 이토 씨는 그럴 때마다 우울한 표정이었다.

이토 씨는 대장암 말기였지만 통증에 시달리는 일이 거의 없었다. 휠체어에 태워주기만 하면 스스로 식사까지 할 수 있는 사람이었다.

그런 그녀가 어느 날인가 폐렴에 걸려 2주 정도 식사를 하지 못하게 됐다. 그때부터 이토 씨는 수액을 맞으며 침대 생활을 할 수밖에 없었다. 병세가 점차 진행됐고 하루 중 대부분을 잠든 채로 지내게 됐다.

'이제 얼마 안 있어 숨이 멎겠구나' 싶을 때 이토 씨가 뭔가 말을 하고 싶은 표정을 지었다.

"차……. 차를 끓이고 싶어……."

쇠약해져 말할 기운도 없는 그녀가 갑자기 이렇게 말한 것이다.

이토 씨는 원래 다도 교사였다. 그 분야에서 어느 정도 이름이 알려진 사람이었다고 한다.

'아무리 전문가라지만 지금 같은 상태에서 차를 끓일 수

있을까…….'

반신반의했다. 하지만 성품 좋고 사랑스러운 할머니가 그렇게 부탁하고 있다. 간호사들은 할머니의 소망을 이뤄주고 싶은 마음에 부랴부랴 다도 세트를 찾아다녔다.

그날 저녁, 기적이 일어났다.

이토 씨는 언제 생명이 다할지 모르는 쇠약한 몸인데도 그 자리에 있던 의료진들에게 차를 끓여줬다. 침대에 앉아서긴해도 등을 쭉 펴고 눈을 뗄 수 없는 아름다운 몸짓으로 다도에 매진했다.

"이토 씨, 뭐라고 해야 할지……. 정말 대단하세요. 감사합니다."

그녀의 얼굴에 진심으로 행복한 미소가 피어났다.

다른 사람을 기쁘게 해주는 일에 성공한 이토 씨는 생기가 넘쳤다. 하루의 대부분을 잠든 채 보냈던 그녀였지만 차를 끓일 때만큼은 진지한 얼굴, 빛나던 눈, 진심으로 상대를 생각하는 마음으로 반짝였다.

나는 갑자기 부끄러운 생각이 들었다. 과연 나는 이토 씨처럼 진지하게 내 일을 하고 있는 걸까. 온 마음을 다해 상대를 대하고 있는 건지…….

이토 씨가 자신의 일과 다른 사람을 대하는 방식을 지켜보며 깊은 생각이 들었다. 나도 환자들과 진정성 있는 관계를 쌓아야겠다고 결심했다.

꼼짝하지 못했던 이토 씨가 차를 끓일 수 있었던 것은 '남에게 도움이 되는 존재이고 싶다'는 마음 때문이었을 것이다. 그런 마음이 본인은 물론 주위에 있는 우리에게도 강력한 에너지를 줬다. 타인을 돕는 일이 살아갈 에너지가 된다는 것을 이토 씨를 보면서 배울 수 있었다.

그녀는 아름다운 작법으로 차를 끓이고 3시간 뒤 평온한 얼굴로 잠에 들듯이 숨을 거뒀다.

## 사랑: 죽기 전에 가장 보고 싶은 사람은 누구일까?

마지막 순간을 평온하게 보낼 수 있게 해주는 힘은 바로 '사랑'이다.

대가 없이 사랑받았던 기억과 사랑한 기억.

이 소중한 기억들은 인생의 마지막 순간에 따뜻한 위로와 치유, 안정감을 준다. 또한 사랑은 의료 기술로는 결코 메울 수 없는 외로움과 불안, 죽음에 대한 공포를 완화시켜주며 행복으로 이끌어준다.

97세인 다카코 씨는 노환이 상당히 진행됐다. 그런데도 무슨 일이 있으면 "엄마, 엄마"하고 눈앞에 엄마가 있는 것처럼 선명한 목소리로 엄마를 불렀다. 그녀에게는 분명 엄마에게 아낌없이 사랑받은 기억이 있을 것이다.

어느 날 같은 병실을 쓰는 80대 환자가 엄마를 부르는 다카코 씨에게 말했다.

"언니, 왜 그래요! 언니네 어머니는 벌써 30년 전에 돌아가셨잖아요!"

다카코 씨는 아랑곳하지 않고 엄마를 계속해서 불렀다. 그만큼 어머니의 사랑이 깊었던 것이다.

인간은 누구나 '나를 가장 사랑해 준다고 느끼는 사람'을 가장 소중하게 생각한다. 그 사람이 이미 죽었더라도 그 사랑에 변함은 없으니, 그곳이 내 마음이 쉴 곳이 된다.

당신을 가장 사랑해주었던 사람은 누구인가?

지금 바로 떠오르는 사람이 있는가? 아마 이 질문에 '엄마'라고 답하는 사람이 많을 것이다. 실제로 죽음이 다가와 쇠약해진 환자 중에서 '엄마, 엄마'라며 침대에 누워 엄마를 찾는 사람을 수없이 봐왔다.

말기 대장암으로 입원한 40대 무라카미 씨를 가장 사랑한 사람도 엄마였다. 그는 마흔 살에 명예퇴직을 하고 아르바이트를 전전했는데 2년 뒤 어느 날 갑자기 쓰러졌다. 병원에 갔더니 대장암을 진단받았다. 무라카미 씨는 이혼 후 독신으로 지내고 있었고, 부모님은 이미 세상을 뜨고 안 계셨다.

암 말기에는 신체적인 노화가 매우 빨리 진행된다. 무라카미 씨는 원래부터 몸집이 작은 편이기도 했지만 뼈만 남은 몸, 쏙 꺼진 뺨, 자글자글한 잔주름, 깊게 내려온 다크서클은 그를 도저히 40대로 보이지 않게 했다.

어느 날 무라카미 씨는 아픔을 참지 못해 마치 어린아이가 엄마에게 칭얼대듯 말했다.

"아파 죽겠어요. 아파요, 아파……."

어린아이의 눈을 한 채 호소하는 그를 보니 마음이 아팠다. 나는 한동안 의자에 앉아 침대에 누워 있는 무라카미 씨의 등을 쓰다듬어줬다.

"아……. 빨리 와주지 않으시려나."

무라카미 씨가 쉰 목소리로 혼잣말처럼 중얼거렸다.

"누구요? 누가 와줬으면 좋겠어요?"

"네?"

"지금요, 빨리 와줬으면 좋겠다고 하셔서요."

"아, 그렇군요. 어머니예요."

계속해서 미간에 주름을 짓고 있던 무라카미 씨의 표정이 갑자기 온화해졌다.

"……어머니가 칭찬해주실까요?"

"네?"

"형제 사이가 나빴는데 마지막에……. 아시잖아요. 화해했어요."

부모님이 돌아가신 뒤 무라카미 씨는 남동생과 연락이 끊긴 상태였다. 그러나 지금은 형이 말기 암이라는 소식을 듣고 동생이 일주일에 한 번꼴로 병문안을 오고 있었다.

"무라카미 씨는 어떻게 생각하세요?"

"음, 저는 어머니가 칭찬해 주실 것 같은데요?"

어머니 이야기를 하는 무라카미 씨는 쑥스러움을 담아 이렇게 말했다.

밤이 가고 아침이 됐다. 내가 병실 문을 열었을 때 무라카미 씨는 이미 숨을 쉬고 있지 않았다.

'어머니가 와서 데리고 가셨군요.'

환자 혼자 떠나버릴 때 느껴지는 허전함이 밀려들다가도 곧바로 마음이 놓이는 기분이 들었다. 숨을 거둔 무라카미 씨의 미소 짓는 듯한 얼굴이 무척이나 편안해 보였기 때문이었다.

죽음이란 '인생을 비추는 거울' 같은 존재라고 한다.

한 사람의 죽음을 빛나게 해주는 것은 그의 생을 빛나게 해준 사랑하고 사랑받은 사람들 덕분이다.

사랑받은 기억과 사랑한 기억. 그게 있으면 우리는 누구나 평온하게 마지막을 맞을 수 있다.

## 추억: 부디 나를 잊지 말아요

"침대에서 하나 지어봤어요. 들어볼래요?"

폐암 말기로 흉수와 복수가 차 있는 70대 남자 환자 기요시 씨가 숨을 헐떡이며 미소를 머금은 채 말했다. 그러고는 조금 쑥스러운 표정으로 자작 시를 읽어 내려갔다.

간호사님
모두 미인이라
고마워요

낭송을 마친 그가 한참 뜸을 들이더니 이렇게 말했다.

"이런 환자가 있었다는 걸 잊지 말아 줘요……."

기요시 씨의 그 말에 가슴이 뜨거워지더니 이내 시야가 흐려졌다. 하지만 근무 중에 갑자기 울 수는 없는 노릇이었다. 나는 억지로 웃으며 그 자리를 수습했다.

몸이 썩어 세상에서 완전히 사라질 거라는 걸 알지만, 사랑하는 가족과 지금까지 인연을 이어간 소중한 사람들의 기억 속에서나마 영원히 살고 싶다…….

"부디 나를 잊지 말아요."

이 마음은 먼저 가야 하는 사람들이 누구나 바라는 간절한 소망이 아닐까.

특히 입원을 하면 아무래도 가족이나 의료관계자 외에는 사람을 만나거나 이야기할 일이 없어져 사회로부터 격리된 기분이 들게 된다. 그렇게 점점 더 소외감이 커지고 한층 더 세상에서 사라진 듯한 느낌을 받는 것이다.

나는 때때로 돌아가신 분을 떠올리려고 노력한다. 먼저 간 사람을 기리는 가장 좋은 방법은 그 사람의 무덤을 찾아가는 것이 아니라 '그를 잊지 않는 것'이라고 생각하기 때문이다.

기요시 씨는 내게 이렇게 가르쳐줬다.

"다른 사람한테 잘 대해주세요. 그렇지 않으면 쓸쓸하게 인생을 마무리하게 될 거예요."

그는 가끔씩 종이에 감사의 말을 써서 의료진에게 주기도 했다. 연애편지처럼 말이다.

이 세상을 떠난 뒤에 오래도록 기억되기 위해 따뜻하게 대해주자. 그 마음이 그 사람의 가슴에 또렷이 새겨질 것이다. 이 중요한 사실은 기요시 씨가 내게 알려준 중요한 교훈이다. 아래는 내가 기요시 씨에게 받은 편지의 전문이다.

마음이 아름다운 사람이군요.
그런 마음을 가진 사람을 나는 좋아합니다.
사랑합니다. 사랑하는 길을 가는 그대에게.

누구나 소중한 사람에게 오래도록 기억되고 싶을 것이다.

## 인정: 의미 있는 인생이었다고 말할 수 있는가

많은 이의 죽음을 목격했지만 나는 죽기 전에 '아 저 물건 사둘 걸', '돈을 더 많이 벌었으면 좋았을 텐데' 같은 후회를 하는 사람은 본 적이 없다.

사람은 죽을 때 자신이 살았던 '의미'에 대해 고민한다.

자신이 살아온 인생이 의미가 있었음을 느끼고 싶어 하는 것이다.

나는 어떤 인생을 살았는가.
나는 무엇을 했는가.
세상과 주위 사람들에게 어떤 영향을 미쳤는가.
가족과 지인들을 얼마나 행복하게 해줬는가.
내가 하고 싶은 일에 충분히 도전했는가.
'나답게' 살았는가.

우리 병동에 있던 사토 씨는 언제나 입버릇처럼 말했다.

"이 동네 집들, 절반은 우리 회사가 지었어. 나는 한 평생 그 일을 해왔단 말이야."

"정말 훌륭한 일을 하셨네요. 그렇게 많은 집을 지으셨다니, 사토 씨와 그 회사가 무척이나 실력이 있었다는 증거예요."

이런 식으로 공감해 주면 사토 씨는 굉장히 기뻐했다. 그는 마지막 가는 날까지 싱글벙글 웃으며 자신의 업적을 자랑하다가 떠났다.

사토 씨뿐만이 아니다. 모든 사람은 다른 사람이 나의 가치를 알아주길 원한다. 나는 가치 있는 사람이었다고 누군가에게 확인받고 싶은 것이다.

인정받고 싶은 욕구는 누구에게나 있다. 사토 씨는 그게 충족됐으므로 웃으면서 죽을 수 있었다.

타인에게 인정받고 싶어 하는 마음은 태어나서 죽을 때까지 평생 계속된다. 이 욕구가 가장 강한 순간은 태어났을 때와 죽을 때인지도 모른다. 어떻게 보면 당연한 이야기지만, 우리 인생에서 탄생과 죽음은 그만큼 중대한 시점이라는 뜻이다.

하지만 '인정받는 것'은 타인에게 인정받는 것보다 스스로 하는 인정이 더 중요하다.

다른 사람의 의견에 좌우되면서 사는 것보다, 스스로 자신의 인생을 결정하고 주체적으로 살았다고 느끼는 사람이 더욱 행복한 죽음을 맞을 수 있기 때문이다.

그렇다고 해서 타인의 생각을 무시해도 된다는 뜻은 아니다. 그러면 고독한 인생을 살게 될 지도 모른다.

인간은 사회적 동물이다. 사회에 기여하거나 타인과 행

복을 나누며 살아야 죽을 때 '그래도 잘 살았네. 값진 인생이었어'라고 생각할 수 있을 것이다. 사토 씨가 매일 되뇌던 '우리 회사는 좋은 집을 많이 지었고, 나는 오랫동안 그 일에 기여했어'라는 말이 그 사실을 잘 드러낸다.

후회 없이 행복한 죽음을 맞으려면 좋은 삶을 살아야 한다. 그래서 오늘을 열심히 사는 것이 의미가 있는 것이다.

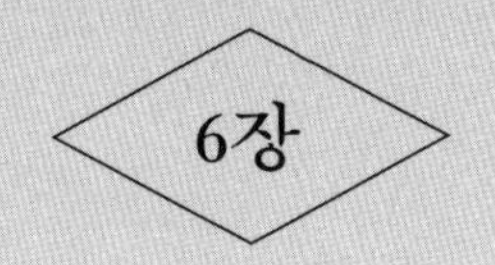


# 우리는 조금 더
# 잘 살기 위해 죽음을
# 배워야 하는지도 모른다

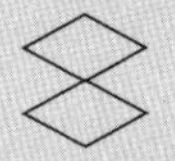

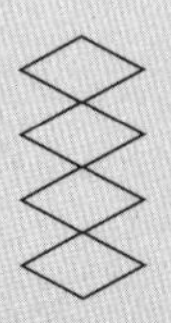

## 내가 죽을 때는 누가 곁에 있어줄까?

평생을 지위나 명예, 돈을 얻기 위해 노력하는 사람들이 적지 않다. 실제로 그것을 손에 넣고 행복을 만끽하는 사람도 꽤 있다.

하지만 안타깝게도 그런 것들은 모두 저세상까지 갖고 갈 수 없다. 부와 명예를 다 얻었다고 해서 행복한 최후를 맞는다는 보장도 없다.

그렇다면 도대체 무엇이 있어야 행복한 마지막을 보낼 수 있을까?

정답은 없다.

사람마다 행복의 기준이 다르기 때문이다.

그 해답을 '마음이 통하는 상대가 있는 것'에서 찾는 사람이 있었다.

80대 환자였던 그는 종업원 수백 명 규모까지 키워낸 한 회사의 사장이었다. 업계에서 나름대로 이름도 알려져 있었다. 실명을 밝힐 수는 없으니 여기서는 야스다 씨라고 부르도록 하자.

어느 날 야스다 씨에게 암이 찾아왔다. 치료를 받으며 회사를 위해 열심히 일했지만 결국 80세를 앞두고 회사를 은퇴할 수밖에 없었다. 그러자 회사 사람들과 거래처 사람들은 점점 야스다 씨에게서 멀어져 갔다.

엄격하고 독단적으로 밀어붙이는 유형의 사장이었기 때문인지, 아무도 사장이라는 직함이 없어진 야스다 씨와 관계를 지속하려 하지 않았다.

야스다 씨는 거동이 불편해졌지만 병원에 입원하지 않았다. 대신 방문 간호사를 신청해 마지막 시기를 집에서 보냈고, 자주 이렇게 한탄하곤 했다고 한다.

"모두에게 신뢰받는다고 생각했지만, 그들이 따랐던 것은 내 돈과 지위였어요. 이렇게 외로울 수가……."

그의 집은 크고 넓었다. 몇 년간 한 번도 사용하지 않은 방들이 있을 정도였다. 값비싼 장식품과 골동품들이 있었지만 야스다 씨의 외로움을 채워주진 못했다.

지위와 명예, 돈이 아무리 많아도 인간관계가 부실하면 허무해지기 마련이다.

야스다 씨에게는 아들이 하나 있었다. 하지만 자식을 키우는 일은 전부 아내에게 일임했고, 문제가 생기면 그때마다 돈으로 해결했다. 그는 죽을 때가 돼서야 그런 과거를 돌아보며 아들을 제멋대로 자라게 내버려 둔 것을 후회했다.

결국 제멋대로에 세상 물정도 모르는 아들에게 회사를 물려줄 수는 없다고 생각한 야스다 씨는 아들을 제쳐두고 다른 사람을 후계자로 선택했다. 사장 자리에 오르지 못한 아들은 불같이 화를 내며 회사를 뛰쳐나갔다. 동시에 집도 나가버린 아들은 동종업계에 회사를 차렸다.

하지만 어디 세상이 그렇게 만만하던가. 기본이 없는 회사는 얼마 안 가 휘청거렸고 아들은 행방불명이 돼버렸다.

야스다 씨는 아들을 좀 더 애정을 갖고 키웠어야 했다며 후회했다.

"난 매일 일에 쫓겨서 어린 아들이 놀아달라고 매달리는 걸 뿌리치곤 했어요. 매번 '나중에'라는 말만 반복하며 아들과의 시간을 미뤘습니다. 할 말이 있다는 아들에게도 항상 나중에 말하라고 할 뿐이었어요. 결국 그 말을 들어준 적은 한 번도 없었네요……."

지나간 시간은 결코 다시 오지 않는다.

우리는 별생각 없이 '나중에'라고 말하며 지금을 뒤로 미루는 경향이 있다.

지금 놓쳐버린 이 순간이 나중에 생각하면 가슴 시리도록 아픈 후회가 된다는 사실을 모른 채 말이다.

지금 내 옆에 있는 사람을, 이 시간을 영원히 잃을 수도 있다는 사실을 잊어서는 안 된다.

"그때는 아들과의 시간이 영원히 되돌아오지 않을 거라고는 생각도 못 했어요……."

야스다 씨는 암에 걸린 채로 100세 가까이 살았다. 그가 그렇게까지 삶에 집착한 것은 언젠가 아들이 돌아와 함께 지낼 날을 간절히 기다렸기 때문이었다.

간절한 소망이 하늘에 닿았는지 어느 날부터 아들이 가끔씩 본가를 찾아왔다. 아들이 차린 회사는 망했지만 그는 다른 회사에 다시 취직해서 일하기 시작했고, 새로운 삶을 꾸려가게 됐다. 직접 실패를 경험하면서 안하무인의 태도도 버리고 새로 태어난 듯했다. 야스다 씨는 그런 아들을 기쁜 마음으로 받아들였다.

아버지는 나중에 하자며 뒤로 미뤄뒀던 아들과의 시간을 되찾으려고 했는지 계속해서 아들에게 이런저런 이야기를 건넸다.

일 년 뒤, 야스다 씨는 집에서 아들이 지켜보는 가운데 평온하게 숨을 거뒀다.

야스다 씨는 자책하는 마음을 담아 아들에게 입버릇처럼 말했다. 남겨질 아들이 세상을 더 잘 살아가기 위해 꼭 깨달았으면 하는 것들이었으리라.

"다른 사람에게 부드럽게 대해라."

"남들에게 사랑받을 수 있는 사람이 되어라."

이처럼 자신이 이루지 못한 '꿈'을 아들에게 맡기듯, '마음이 통하는 상대가 있는 것'이 인생을 사는데 얼마나 중요한지 알려주고 싶어 했다.

야스다 씨는 마지막 일 년 동안 몰라보게 부드러워졌다. 아마 아들과의 대화를 통해 후회로 남을 뻔했던 응어리가 풀리고 교감할 수 있게 되어 그랬을지도 모른다.

내가 간호사가 된 지 벌써 16년이 흘렀다. 그만큼 많은 환자의 마지막 순간을 지켜봤다.

죽기 전까지 가족들이 자주 찾아오는 사람도 있지만 그렇지 않은 사람도 많다. 심지어 죽은 뒤 아무도 찾아오지 않는 사람도 있다. 홀로 죽음을 맞이하고 싶다는 자발적 결정이면 상관없지만, 사무치게 외로운데 혼자 죽어가는 것은 슬픈 일이다. 곁에 있어주는 것은 이름도 모르는 의료진뿐이니 말이다.

환자를 대할 때마다 '이 사람은 어떤 인생을 살았을까?'

라고 마음속으로 중얼거리며 문득 내가 죽을 때는 누가 내 곁에 있어줄까 생각하기도 한다.

결국 '마음이 통하는 상대'가 필요한 것은 행복하게 살기 위해서이기도 하고, 행복하게 죽기 위해서이기도 한 셈이다.

## 죽기 전까지 치열하게 싸워야 하는 이유

당신은 자식을 어떻게 키우고 싶은가?

혹시 이미 자식을 키우고 있는 부모라면, 자식이 부모가 타이르는 대로 살아주지 않는다는 사실을 뼈저리게 느끼고 있을 것이다. 간절히 타일러 봐도, 아무리 잔소리를 해도, 심지어 매를 들어도 자식은 결코 부모가 바라는 대로 살지 않는다.

자식은 그저 '부모가 살아온 방식대로' 살아간다.

그렇다면 부모 입장에서 아이에게 할 수 있는 가장 중요한 교육은 무엇일까?

부모가 어떻게 살아왔는가.

무엇을 중시하며 살았는가.

이렇게 자신이 살아온 방식의 뒷모습을 아이에게 보여주는 것이 최선이 아닐까.

아버지가 사는 법을 자연스럽게 따라하며 배우고 자란 한 남자아이가 있었다. 물론 본인은 그것을 인지하지 못한 채로 쑥쑥 자랄 뿐이었다.

하지만 운명은 잔인했다. 아버지가 41세의 젊은 나이에 암으로 죽고 만 것이다. 그때 아이는 고작 8살이었다.

아버지는 암 진단을 받은 뒤부터 '반드시 병을 이겨내고 살아남을 거야!'라고 장담했다. 아내에게는 그 과정을 비디오 카메라로 찍어달라고 말했다. 아마 아내와 아이들에게 자신의 모습을 볼 수 있는 형태로 남겨두고 싶다는 바람이 있었을 것이다.

아버지는 마지막까지 열심히 살기 위해 노력했다. 그러나 병을 이겨낼 것이라는 소망은 하늘에 닿지 않았다.

그의 마지막은 집에서 아내와 네 아이들과 함께였다. 아버지는 가족들 한 명 한 명에게 작별의 말을 남기고 떠났다.

시신을 화장할 때가 되자 아이가 급하게 외쳤다.

"안 돼! 안 돼! 아빠를 태우지 말아요!"

아이는 아버지의 관을 덮치듯이 끌어안고 떨어지려 하지 않았다. 어른들이 말려도 울고불고 완강하게 저항했다. 화장터 직원이 겨우 관에서 아이를 떼어냈다.

엄마는 울부짖는 아들을 뒤에서 꼭 끌어안는 것 말고는 아무것도 할 수 없었다.

화장을 마치고 아까까지만 해도 육신이 있었던 아버지는 한 줌의 뼛가루가 되어 옮겨졌다. 화장 전과는 달리 완전히 변해버린 아버지를 향해 아이가 또다시 소리쳤다.

"꼴좋다! 약 오르지!"

방금 전까지 아빠의 몸을 태우지 말라며 울부짖었는데……. 이게 무슨 상황이란 말인가?

어머니가 의아해하며 아이에게 그 까닭을 묻자, 아이는 이렇게 대답했다.

"아빠는 이제 내 마음속에 영원히 살아 있어! 하지만 아빠의 암세포는 완전히 죽어버렸잖아. 이제 더는 아빠를 괴롭힐 수 없어. 꼴좋다. 약 오르지!"

아이의 '꼴좋다'는 말은 아버지가 아닌 암세포를 향한 말이었다.

아이는 비록 몸은 이 세상에서 사라졌어도 '우리 아빠는 변함없이 여기에 있다'고 외치고 싶었던 것이다.

아이에게 아버지는 죽은 것이 아니었다. 아버지는 마음 속에서 살아 있다. 앞으로도 삶의 이정표로서 계속 살아 있을 것이다.

수많은 죽음을 봐왔지만 이런 발상을 하는 아이는 처음 봤다.

아이는 암으로 힘들어하는 아버지가 죽어가는 모습을 곁에서 직접 지켜봤다. 그리고 아버지가 최선을 다해 싸우는 모습도 항상 지켜보고 있었다. 암세포를 향한 꼴좋다는 말은 사랑하는 아빠가 암과 싸우는 모습을 계속 봐왔기에 나왔던 말이다. 자식이란 이렇게나 부모를 사랑하고, 또 그들의 죽음까지 지켜볼 수밖에 없는 존재다.

때때로 아이의 감성은 어른의 감성으로는 느낄 수 없는

많은 것들을 일깨운다. 사물의 본질을 꿰뚫을 때도 있다. 그것은 아직 이 세상의 상식에 얽매이지 않는 마음에서 생겨나는 일종의 '진리'와 같은 것이 아닐까.

인간이라는 존재는 '물리적인 죽음'을 피할 수 없다. 그렇다면 죽음을 단순한 끝이 아니라 새로운 시작으로 생각하는 건 어떨까?

우리는 죽은 뒤에도 남은 가족들의 마음속에서 살아간다. 그러니 죽을 때 후회하지 않으려면, 의연하고 씩씩하게 살아온 모습을 그들의 기억 속에 남겨주는 게 중요하지 않을까.

남겨진 가족들에게 죽음은 '끝'이 아니라, 사랑하는 사람을 떠나보내고 새로운 인생을 살아가야 하는 '시작'이기 때문이다.

## 때로는 병이 인생의 선물이 된다

40대의 나카무라 씨는 열정적으로 일하던 커리어 우먼

이었다. 해외 유학 후에 바로 유명 금융업계에 취직한 그녀는 젊을 때부터 오로지 일만 파고들었다. 건강에는 전혀 주의를 기울이지 않았다. 그렇게 열심히 일해서 어느 정도 재산을 모았을 때쯤, 그녀는 이제 자신이 정말 하고 싶은 일을 하겠다며 번역 일을 시작했다. 그때부터 나카무라 씨는 가슴에 이물감을 느꼈다. 하지만 일이 바쁘다는 이유로 또다시 병원에 가는 일을 미뤘다.

그로부터 꽤 지난 어느 날, 가슴에 응어리가 만져졌다. 그제야 나카무라 씨는 병원을 찾았고, 결국 유방암 진단을 받았다. 그녀는 그 즉시 수술을 받았고 다행히 예후가 좋아 완치 판정을 받았다.

그 뒤에도 그녀는 해외에 살며 번역 일을 계속했다. 여느 날과 다름없는 바쁜 일상이 반복됐지만, 사실 그녀의 마음에는 큰 변화가 생겼다.

지금까지 당연하게 여겼던 것에 감사하고 기뻐할 줄 알게 된 것이다.

일을 할 수 있다는 것,

친구들과 웃으며 수다를 떨 수 있다는 것,

무엇보다…… 지금 살아 있다는 것.

그런 것들에 날마다 감사하고 매일 기뻐하게 살게 됐다.

암에 걸렸을 때 '죽음'을 각오했기에 '생'이 더욱 빛을 발하게 된 것이다. 그녀는 일상의 행복을 더욱 소중히 하고 친구도 자주 만나며 하루하루 충실한 나날을 보냈다.

그러나 몇 년 뒤, 암이 재발했다.

나카무리 씨는 의사에게 '이제 치료는 불가능하다'는 말을 들었다. 이미 전이가 발견됐기 때문이었다. 의사는 치료는 포기하고 남은 시간을 즐겁게 사는 것에 집중하라고 조언했다.

그녀에게는 한탄하거나 슬퍼할 틈이 없었다.

나카무라 씨는 해외 생활을 접고 일본으로 돌아가기로 결정했다. 이유는 크게 두 가지였다.

첫 번째는 어머니와 추억을 만들기 위해서였다. 그녀는 어머니를 정말 사랑했지만 외국에서 매일 바삐 일하느라 언제나 제대로 된 연락도 하지 못했다. 그래서 남은 생은 어머니와 함께 하는 데 쓰기로 결정했다.

두 번째 이유는 남겨질 어머니를 위해 자신의 모습을 남겨두고 싶었다. 어머니를 홀로 남기고 떠나야 하는 상황은 피할 수 없는 현실이었다. 다른 가족이 없었기 때문이다.

어머니가 외롭지 않게 그녀는 자신의 사진을 최대한 많이 찍어두기 시작했다. 일부러 예쁜 옷을 입고 항암제의 부작용으로 듬성듬성해진 머리는 가발로 가린 채 화장을 하고 사진을 찍었다. 어머니가 자신의 예쁜 모습만 기억하길 바랐다.

나카무라 씨는 잃어버린 시간을 되찾으려는 듯 최선을 다했다. 어머니가 기뻐하는 모습에 그녀도 행복했다.

소중한 사람을 기쁘게 하는 일이 자신을 행복하게 만드는 최고의 방법이라는 사실을 깨달았다.

그렇게 그녀는 즐겁게 남은 생을 보내다 떠났다. 어머니와 자신의 머릿속에 가족과의 행복한 시간을 깊게 새기고 마지막 여행을 떠난 것이다.

나카무라 씨는 말했다.

"건강에 신경을 썼더라면 병에 걸리지 않았을 지도 모릅니다. 더 빨리 병원에 갔으면 조기 발견해서 오래 살 수 있었을지도 몰라요. 저는 일만 해서 벌을 받은 걸까요? 일 중독에 대한 벌……."

하지만 이내 다시 말을 이었다.

“그래도 암에 걸리지 않았으면 계속 해외에만 있었을 거고, 이렇게 어머니와 함께 지낼 수 있게 돼서 다행인 것 같아요. 이 병 덕분에 더 좋은 인생을 보낼 수 있었을지도 모르겠네요. 물론 빨리 죽게 되는 건 싫지만요.”

우리의 죽음은 때때로 불합리하다. 게다가 병에 걸리는 건 분명 누구나 피하고 싶은 일이다. 하지만 병은 ‘지금 하는 일을 멈추고 인생의 길을 수정하라’는 메시지라고 볼 수도 있다.

암에 걸린 사람은 죽음을 준비하는 동안 그동안에는 느끼지 못했던 소중한 것들을 깨닫게 된다고 한다. 타인의 다정함이 더욱 또렷하게 느껴져 그전보다 ‘살아 있는’ 기쁨을 더 쉽게 느낄 수 있게 된다. 이를 두고 ‘암이 보낸 선물(Cancer gift)’이라고 하는데, 그녀는 이 선물을 많이 받은 듯했다.

물론 최선의 방법은 병에 걸리지 않도록 건강에 신경 쓰는 것이 좋다. 그래도 돌이킬 수 없는 상황이라면, 불치병에 걸렸을 때 이를 비관하지 않고 앞으로의 시간을 더욱 행복하게 지내는 방법을 생각하도록 하자.

나는 비로소 그녀를 통해 이런 선택도 있다는 사실을 배웠다. 용기 있는 선택을 한 나카무라 씨는 참으로 멋졌다. 마지막까지 소중히 하고 싶을 것을 지켜낸 셈이니 말이다.

## 반신불수 환자를 일으킨 의외의 한마디

환자마다 당사자의 가치관이나 처한 상황에 따라 최적의 치료법이 달라진다. 따라서 환자는 의사와 의료진에게 모든 것을 맡겨버리는 식으로 행동해서는 안 된다. 치료를 받는 중에도 자신의 인생에 주체성을 갖고 살아가자.

회사의 최고경영자였던 이시이 씨는 어느 날 갑자기 몸에 힘이 들어가지 않게 돼 집안에서 넘어졌다. 독신인 그를 도와줄 사람은 아무도 없었다.

'이거 안 되겠다! 구급차!'라고 생각했지만 휴대전화는 탁자 위에 있었다. 힘이 들어가지 않아 일어날 수도 없고

휴대전화에 손이 닿지 않으니 도움을 청할 수도 없었다. 죽음을 직감한 이시이 씨는 오직 한 가지 생각만 하며 필사적으로 현관을 향해 기어갔다.

'아직 더 살고 싶다!'

집 밖으로 나가 지나가는 사람을 겨우 붙잡고 도움을 청하기까지 무려 2시간이 걸렸다. 그 긴 시간 동안 이시이 씨를 지탱해 준 것은 어떻게든 '살고 싶다'는 일념이었다. 죽음이 뇌리를 스쳤을 때 그의 머릿속에는 이런 목소리가 들렸다고 한다.

'아직 하고 싶은 일이 많잖아. 하고 싶던 일을 아무것도 못할지도 몰라!'

사실 이시이 씨는 30대에 이미 고혈압이라는 진단을 받았다. 그런데도 그는 건강을 돌보지 않았다. 40대에는 이미 최고혈압이 300, 최저혈압이 130으로 악화됐다. 이쯤 되니 본인도 힘들었는지 치료를 받았지만 얼마 안 가 중단했다. 혈압 약을 먹으면 몸이 나른해져서 일이 손에 잡히지 않는다는 이유였다. 그렇게 그는 뇌간 출혈을 예방할 기회가 여러 번 있었는데도 그걸 무시해왔다. 뇌간 출혈을 일으킨 뒤에야 비로소 '의사의 말을 잘 듣고 건강에 좀 더 신경 쓸걸' 하는 후회가 들었다고 한다.

이시이 씨는 목숨은 건졌지만 후유증으로 왼쪽 반신이 마비됐다. 의사에게 두 번 다시 걷지 못할 것이라는 이야기를 들었다. 절망적인 상황에서 이시이 씨를 구원한 것은 물리치료사의 한마디였다.

"포기하지 마세요. 어떻게든 좋아질 수 있어요. 함께 노력해봅시다!"

물리치료사는 재활치료의 전문가다. 물론 그가 '걸을 수 있다'고는 하지 않았다. '어떻게든 좋아질 수 있다'고 했을 뿐이다. 하지만 함께 노력하는 사람이 있다는 사실이 그를 붙잡아줬다.

이시이 씨는 몇 달 동안이나 몸의 왼쪽 부분을 전혀 움직일 수 없었다. 그런데 어느 날 왼손의 엄지손가락과 둘째 손가락이 움직였다. 고작 1밀리미터지만 말이다. 그때 이시이 씨는 세포가 다시 연결됐다는 느낌을 받았다고 한다.

이윽고 조금씩 다른 부위도 움직여지더니, 일주일 뒤에는 다른 사람의 부축을 받으며 걸을 수 있게 됐다.

"아직 끝나지 않았어. 나는 할 수 있다!"

그렇게 확신한 이시이 씨는 최고경영자 자리를 다른 사람에게 일임하고 물러났다. 일단 재활치료에 집중하고 몸을 회복하면 새로 회사를 일으킬 생각이었다.

그리고 2년 뒤, 그는 실제로 그 바람을 이루어 사회로 복귀하는 데 성공했다.

이시이 씨는 말한다.

"의사의 말에 모든 것이 끝났다고 생각하지 마세요. 내가 쓰러졌을 때 의사는 절망적인 말밖에 하지 않았어요. '다시는 걸을 수 없을 겁니다. 평생 휠체어를 타고 생활해야 합니다'라고요. 만약 그때 의사의 말만 믿고 모든 것을 포기했다면 지금도 걷지 못하는 채로 살았을 겁니다."

그런 이런 말도 덧붙였다.

"물론 의사의 말을 무조건 믿지 말라는 것은 아닙니다. 의사만 알 수 있는 것과 환자만 알 수 있는 것이 있으니 서로 협력해야만 병을 치료할 수 있습니다. 무엇보다 건강이 제일 중요합니다. 일 같은 건 그만둬도 괜찮아요. 건강하면 언제든지 다시 할 수 있으니까요."

의사의 말이 환자를 붙들어주는 지팡이가 되어 힘든 치료를 끝낼 수 있었던 사람도 있다.

20대인 야마모토 씨는 오토바이 사고로 온몸에 화상을 입었다. 피부가 전부 녹아내렸고 얼굴까지 엉망진창이 됐다. 그는 사고가 난 뒤 거울에 비친 자기 얼굴을 처음 마주하고 굉장한 충격을 받았다.

"이런 얼굴로는 도저히 살 수가 없어……."

그때 담당의가 말했다.

"괜찮아요. 원래 얼굴보다 더 미남으로 만들어줄게요."

그 한마디가 야마모토 씨를 살렸다. 용기를 주고 절망에 빠진 그의 영혼을 구원했다.

야마모토 씨는 의사의 '괜찮아요'라는 말을 되뇌며 수십 번에 이르는 수술을 견딜 수 있었다고 한다.

"결국 미남이 되진 못했지만 선생님이 그렇게 말씀해주시지 않았다면 전 버틸 수 없었을 겁니다. 그런 거짓말은 대환영이에요."

좋은 의미든 나쁜 의미든, 의사의 말이 환자의 운명을 좌우한다는 것을 보여주는 사례다.

그렇다면 '환자'는 의사를 어떤 식으로 대해야 하는 걸까?

먼저 자신의 병이나 치료 과정에 대해 적극적으로 질문하는 자세가 중요하다. 의사의 설명에 이해가 가지 않는 부분이나 납득할 수 없는 부분이 있다면 나서서 말하도록 하자.

의사가 환자의 말을 들어주지 않는다면 다른 병원 의사에게 진단을 받고 치료에 대해 조언을 얻는 '세컨드 오피니언(Second opinion)'을 받아볼 수도 있다.

현대 의학은 예전에는 불치병이라고 여겼던 질환을 치료할 수 있을 만큼 비약적으로 발전했다. 여전히 한계는 있지만 말이다.

가끔씩 '병을 낫게 한다'라는 것에 너무 무게를 둔 나머지, 환자가 치료를 받는 사이에도 '그들이 여전히 자신의 삶을 살아가고 있다'는 점을 망각하는 의료진을 본다.

그러니 환자 본인이 잊지 않고 기억해야 한다. 당신이 불치병에 걸렸든, 몸을 움직일 수 없는 상태든 자신의 인생을 살아내고 있다는 사실을.

의사는 치료 전문가지 인생 전문가가 아니다. 가장 중요한 점은 '앞으로 어떻게 하고 싶은가', '어떻게 되고 싶은가'를 명확히 주장하는 것이다. 의사를 비롯한 의료진에게 모든 선택을 맡기지 마라. 모든 과정에서 주체성을 갖는 것이 중요하다. 비록 죽음이 가까워졌을지라도 당신은 여전히 살아 있으니까.

그런 의미에서 의사와 환자는 동등하다. 바꿔 말하자면 치료에 대한 책임은 의사와 환자가 반반씩 갖고 있는 셈이다.

## 죽음은 어느 날 갑자기 찾아온다

나이를 먹어 늙어 죽는 것만이 죽음이 아니다.
죽음은 어느 날 갑자기 찾아오기도 한다.

나와 함께 의료업에 종사하고 있는 지인은 결혼한 지 반 년 만에 심정지로 남편을 잃었다. 과로로 인한 급성심부전……. 돌연사였다.

그날 밤, 일을 마치고 돌아온 남편은 몸이 안 좋다며 자리에 누웠다. 열을 재보니 40도 가까이 됐다고 한다. 하지만 남편은 다음 날에도 출근해야 한다고 했다. 그녀는 일단 급한 대로 약국에서 사 온 약을 건넸다.

남편이 시판 해열진통제를 받아들고 웃으며 말했다.

"약을 먹었으니 이제 푹 잘 수 있겠네. 열도 곧 떨어지겠지."

그러나 30분 뒤 아내가 상태를 보러 갔을 때, 그는 이미 입에 거품을 물고 있었고 숨을 쉬지 않았다.

그래도 아내는 포기할 수 없었다. 곧바로 심폐소생술을 시작했고 어떻게 해서든 남편을 살리려고 했다. 그러나 손을 멈추면 남편의 얼굴은 곧바로 새파랗게 변했다. 가슴을 압박하는 동안에는 강제로 혈액 순환이 되므로 핏기가 돌아오지만 손을 멈추면 다시 파랗게 질리는 것이다.

심폐소생술은 '강하고 빠르게, 쉴 새 없이' 해야 한다. 그래서 그녀는 구급차가 올 때까지 끊임없이 인공호흡과 흉골 압박을 반복했다.

하지만 결국 그의 숨이 돌아오는 일은 없었다.

그녀가 한 말이 나를 울렸다.

"마지막 키스가 인공호흡이라니……. 평생 잊지 못할 거야."

내가 간호사로서 처음 죽음을 직면했을 때가 기억난다. 당시 사망자 역시 젊은 사람이었다.

간호사 1년 차 일 때, 한 남성이 구급차로 실려 왔다.

"34세, 남성, 심정지입니다."

구급 대원에게 받은 연락은 그것뿐, 상세한 정보는 아무것도 없었다. 구급 대원은 구급차에서 계속해서 인공호흡을 했고 나중에는 내가 그것을 이어받았지만 결국 구하지 못했다.

그의 회사 동료의 말에 의하면 밥을 먹다가 사레가 들려 상태가 안 좋아졌다고 한다. 천식 이력이 있었다고 하니 천식 발작으로 사레가 들려 음식물이 기관으로 들어가 질식사했을 수도 있다.

회사에서는 응급처치 교육을 실시했다곤 했지만, 회사 사람들 그 누구도 사람을 상대로 직접 연습한 사람이 없었으므로 아무도 응급처치를 하지 못했다. 그래서 그는 그대로 심정지 상태가 되고 말았다.

병원에서는 흉골 압박을 2시간 정도 계속했다. 나 역시 그때까지는 인형을 상대로 연습한 경험밖에 없었다. 직접 사람에게 실시한 것은 그날이 처음이었다. 하지만 '어떻게든 해야 한다'는 심정으로 미친 듯이 했다.

시간이 지남에 따라 솔직히 이제 더는 가망이 없다는 생각이 들었다. 하지만 응급실 앞에서 환자의 어머니가 울면서 지켜보는 게 보였다. 그래서 차마 그만둘 수가 없었다.

결국 의사가 나를 말리고 가족을 안으로 들여보내고 선언했다.

"이제 가망이 없으니 심폐소생술을 중단하겠습니다."

어머니는 오열했다.

"오늘 아침에 출근할 때 말다툼을 했어요. 잘 다녀오라는 말도 못 했는데……. 이렇게 될 줄 알았으면……, 미리 알았더라면 조심히 다녀오라고 했을 텐데……."

듣는 내 가슴도 찢어지는 것 같았다.

나이가 젊다고 해서 죽음이 멀리 있다고 단정 지을 수는 없다.

## 세상에서 가장 평범하고 가장 간절한 리키의 소원

지금부터 내가 들려줄 이야기는 17살 소년 리키에 대한 것이다.

책에서 아들의 이야기를 하고 싶다고 이야기했더니 그의 어머니에게 특별한 요청을 받았다.

"아들이 살아 있었다는 증거가 될 테니까……. 우리가 불렀던 '리키'라는 이름으로 게재해주세요."

그래서 특별히 가명이 아닌 본명으로 소개하려 한다.

17살에 죽은 리키 군의 소원은 '건강하게 사는 것'이었다. 그리고 그가 가장 간절히 바랐던 건 지금 우리가 당연하게 누리고 있는 '일상'이었다.

리키는 고등학교 1학년 때 종격에 종양이 있다는 것을 알았다. 종격은 양쪽 폐로 둘러싸인 부분으로 심장과 식도, 기관, 대혈관 등이 모여 있는 곳이다.

치료를 받은 리키는 2학년 중반부터 아무리 몸이 안 좋아도 학교 수업에 빠지지 않았다. 동아리 활동도 열심히 했다. 축구를 하던 리키는 다른 아이들과 같이 연습을 할 수는 없었지만 최선을 다해 뛰었다. 건강이 안 좋아져 달리지 못하게 됐을 때는 매니저와 함께 축구공을 닦는 일을 하며 동아리 활동을 포기하지 않았다.

리키는 중학교 3학년 때 〈스무 살의 나에게〉라는 제목의 작문을 남겼다. 아래는 리키가 죽은 뒤 방에서 그 글을 발견한 어머니가 내게 들려준 내용이다.

〈스무 살의 나에게〉

이 글을 읽을 무렵, 너는 어떻게 살고 있을까?
혼자 자취를 하고 있을까?
대학을 다니고 있을까?
술과 담배는 적당히 해.
알코올중독에 빠지거나 담배를 너무 피워서 암에 걸리지 않도록 조심해.
대학을 다닌다면 친구들과 사이좋게 지내.
취직을 했다면 열심히 일해서 돈을 많이 벌도록 해.
큰 병에 걸리지 않고
평범한 생활을 할 수 있으면 충분하니까…….

빨리 죽지는 마.

자살도 하지 마.

80살까지 살아줬으면 좋겠어.

그때가 되면 머리도 많이 빠지고 이도 빠지고

허리가 아프겠지만,

아내와 행복하게 살면 되잖아.

즐거운 인생을 살 수 있도록 기도할게.

리키.

리키의 어머니는 이렇게 말했다.

"리키는 평범한 일상을 보낼 수 있기를 바랐네요."

그녀는 울음을 한번 크게 삼키고는 계속해서 말을 이었다.

"리키는 한 번도 우는소리를 한 적이 없었어요. 우는소리를 하는 건 오히려 저였죠. 그런 저를 위로해 주는 다정한 아이였답니다. 저를 부모로 선택해 주고 17년간이나 함께 있어줬네요……. 저는 행복했어요. 수명이 짧은 것은 불쌍한 일도 아니고 불행한 일도 아닙니다."

어머니는 아들이 죽고 나서 5년간은 후회가 물밀 듯이 밀려와 죽을 것 같았다고 했다. 지난 17년간의 세월에 대해 이런저런 후회만 가득해 압사당할 것 같은 심정이었다고 회상했다. 하지만 지금은 그 후회도 리키를 사랑한다는 증거이고, 또 리키에게 사랑받았던 증거라고 생각한다고 말했다.

"괴롭고 슬픈 나날을 보내기만 한 것은 아니니까요. 저는 힘들었던 시절보다 다정했던 리키를 추억해요. 수줍어하는 리키의 웃는 얼굴을 가슴에 품고 앞으로도 그 아이와 함께 살아갈 거예요."

리키는 처음부터 '죽을 각오는 되어 있다'고 말했다고 한다. 그 각오는 '마지막까지 나답게 살겠다'는 자신을 향한 각오이기도 했을 것이다.

리키의 어머니는 그가 아직 건강했을 때 이런 말을 한 적이 있다고 한다.

"리키, 자전거 탈 때는 항상 차 조심해. 엄마는 너한테 무슨 일이라도 생기면 살 수가 없어."

그랬더니 리키는 이렇게 말했다.

"괜찮아, 괜찮아. 조심할게. 하지만 엄마는 살아갈 수 있을 거야."

그녀에게는 그날이 어제 일처럼 선명하게 떠오르는 듯했다.

"리키는 사라지지 않았어요. 육신이 이 세상에 없는 것은 조금 쓸쓸하지만……. 오히려 요즘에는 리키의 존재를 더욱 잘 느낄 수 있답니다. 리키는 항상 제 곁에 있어요."

그녀가 리키와의 추억을 떠올리며 행복한 표정으로 말했다. 모자간의 즐거운 시간이 내게도 전해졌다. 그 따스함이 내 가슴을 적셨다.

그때 리키 군은 무언가를 느꼈을까?

줄곧 함께, 어디에도 가지 않는다고 생각한 것일까?

이 세상에 육체가 없어진다 해도 부모 자식 간의 인연은 끊어지지 않는다. 리키 군의 어머니의 말처럼 그들은 언제나 함께일 것이다.

자식은 이미 태어난 순간부터 부모에게 그 어떤 것과도 바꿀 수 없는 기쁨을 선물 한다고 한다. 그 말에 나도 동의한다. 고작 17년이었지만 리키 군과 함께했던 시간 동안 부모님은 더할 나위 없는 선물을 받았다. 함께 한 모든 시간이 행복했을 것이다. 리키 군 역시 부모의 기쁨을 느끼고 죽는 날까지 열심히 살아서 어머니가 행복하길 바랐을 것이다.

리키는 우리에게 '일상'의 소중함을 가르쳐줬다.

특별하지도 않고, 심지어 아무 일도 없어 지루하다고 말하는 그 소중한 시간들 말이다.

행복해지려면 무언가 필요하다는 생각은 잘못됐다.

필요한 것은 이미 전부 갖춰져 있다.

바로 그게 무심히 매일 흘려보내는 오늘의 일상이다.

## 죽기 직전의 나에게 쓰는 편지

일상의 소중함을 놓치고 있다면 당신도 미래의 자신에게 편지를 써보면 어떨까?

수신처는 죽기 진전의 당신이다.

자신의 육체에 마지막 작별을 건넬 때, 당신은 스스로에게 뭐라고 말해주고 싶은가?

나는 '행복하게 해주지 못해서 미안해' 같은 말은 보내고 싶지 않다.

'즐거운 추억을 많이 남길 수 있게 해줘서 고마워.'

'최고의 인생이었어!'

'고생했어. 이제 곧 쉴 수 있겠구나. 축하해!'

대신 이런 말을 하며 내 몸과 행복하게 헤어질 수 있도록, 내 인생을 사랑하며 삶을 살아가고 싶다.

마치며:

# 천 개의 죽음이
# 내게 알려준 것

어느 날처럼 병실을 돌고 있는데 바로 어제까지 있었던 환자의 이름이 환자 목록에서 보이지 않았다. 간병인이 병실을 방문했을 때, 환자는 이미 세상을 떠난 뒤였다고 한다. 그 환자는 그렇게 아무도 모를 때 조용히 숨을 거두었다.

그녀는 원래 지병과 노환으로 상태가 별로 좋지 않았다. 하지만 설마 그날 떠나실 거라고는 아무도 예상하지 못했다. 돌아가시기 한 시간 전쯤, 간호사가 병실을 찾아갔을 때는 쌕쌕거리며 편히 자고 있었다고 한다. 병원에 입원을 해도 하루 종일 누군가가 환자만 지켜보고 있을 수는 없는 노릇이므로 종종 이런 일이 생기기도 한다.

요양 병동에서는 이렇게 아무도 눈치 채지 못할 만큼 평온한 죽음을 맞는 일도 많다. 그러나 반대로 고통에 몸부림치다가 죽는 환자도 많다. 당신이 아무리 '가족들이 지켜보는 가운데 평온하게'라는 죽음을 꿈꾼다고 해도, 이를 위해 죽음을 미리 준비해 놓지 않는다면 생각보다 쉽지 않다.

그날 죽은 환자는 아무리 아파도 미간을 찌푸리고 참으면서 "괜찮아요"라고 말하는 사람이었다.

자기 몸이 아픈데도 "일이 많아서 어떻게 해요. 간호사님은 아프지 않게 조심하게요. 건강 챙기시고요"라며 의료진을 배려하는 다정한 사람이었다.

그녀를 보면 나는 왠지 돌아가신 우리 할머니가 떠올랐다. 그래서 어느 날은 미처 할머니에게 말하지 못했던 그 말을 그녀에게 건넸다.

"리카 씨, 정말 좋아해요."

"나 같은 늙은이한테……. 별 말을 다하시네요."

환자는 쑥스러워했지만 나를 향해 미소지어줬다. 그때

나는 깨달았다.

'아, 나는 저 얼굴을 보려고 이 일을 하는구나.'

그 이후 나는 매일 하루에 한 번씩은 '환자의 웃는 얼굴'을 보려고 노력했다.

환자가 웃었으면 좋겠다.

웃지는 못할지라도 평온하게, 적어도 고통 없이 지냈으면 좋겠다.

그것이 내가 여전히 환자를 돌보는 것의 의미이자 이유이다. 아무리 불합리하고 받아들이기 힘든 죽음이라 해도 나는 늘 감사하며 미소 지으며 배웅하기로 했다. 때로는 현실이 잔혹할지라도…….

나는 몇 시간 전까지 환자가 누워 있던 침대를 향해 두 손을 마주했다. 이미 침대 시트는 벗겨져 있었다. 마치 처음부터 아무것도 없었던 것처럼 깨끗하게 정돈되어 있었다.

'이제 갈 때가 됐나봐요'라며 위급한 상황을 수차례 겪었던 환자는 의사가 처음 고지한 마지막 순간보다 반년이나 더 살다 갔다.

'몸이 나른하고 힘이 없었을 텐데, 열심히 식사 해줘서 고마워요.'

'내가 손을 잡았을 때 내 손을 맞잡아줘서 고마워요.'

'지금까지 살아 있어줘서 고마워요.'

'나를 만나줘서 고마워요.'

'내게 웃어줘서 고마워요.'

'인생의 마지막이라는 귀중한 시간을 나와 함께해줘서 고마워요.'

'정말 고마워요…….'

돌아가신 할머니에게도 고마웠다는 말을 해드릴 걸 그랬다. 그보다 '사랑한다'는 말이 먼저였을까? 나는 할머니를 정말 사랑했는데 단 한 번도 말하지 못했다. 아니, 하지 않았다. 그때는 내게 주어진 시간이 많이 남아 있을 줄 알았다.

나는 그동안 생이 얼마나 찰나의 순간인지 몰랐다. 어쩌면 '살아 있는 시간'을 얕잡아봤을지도 모른다. 마치 영원히 계속될 것처럼 착각했던 것이다.

죽음은 생의 끝을 의미한다.

물론 죽은 자는 남겨진 사람들의 기억 속에서 계속 살아 있으니, 관계가 끝나는 것은 아니다.

하지만 하고 싶은 말을 전할 수는 없다.

함께 무언가를 할 수도 없다.

서로 얼굴을 마주보며 웃을 수도 없다.

서로 사랑하는 일에 충실했어야 하는 날들에 사랑하기를 소홀히 한 대가는 작지 않았다.

'준비되지 않은 죽음'은 죽는 당사자뿐만 아니라 보내주는 입장에서도 후회가 남는다.

뭔가 좀 더 해줄 걸 하는 아쉬움,

아무것도 하지 못해 미안하다는 죄책감,

소중한 사람이 곁에서 사라진다는 상실감…….

죽음의 순간에는 온갖 감정이 오고간다. 하지만 역시나 마지막은 감사하는 마음으로 보내주고 싶다. 죽는 순간 소중한 사람을 어떻게 그리는 지에 따라 그 사람의 인생이 채색되기 때문이다.

슬픔이 파도처럼 밀려와도 남겨진 사람은 살아가야 한다.

소중한 사람이 없어진 세상에 적응해야 한다. 물론 서로 살아 있는 동안 사랑해야 하는 날 동안 충분히 사랑하며 후회를 남기지 않으면 더 좋았겠지만, 그렇지 못했다면 남겨진 사람은 과거를 돌아보며 죽음을 통해 그 사실을 깨닫는 것도 좋은 교훈이 될 것이다. 깨달았으면 앞으로는 남아 있는 소중한 인연을 후회 없이 사랑하면 된다.

16년 동안 지켜본 천 개의 죽음은 내게 이렇게 중요한 사실을 알려주었다. 나는 오늘도 '현재의 삶을 기쁘게 만드는 죽음의 지혜'를 마음 깊이 새기고 환자를 만나러 간다.

## 죽음이 가까워지면 어떻게 될까?

**• 임종 3주 전**

사레가 자주 들리고 음식물을 삼키기 힘들어진다. 음식을 먹더라도 그 양이 줄어든다. 기운이 있을 때 앞으로 아예 음식을 먹을 수 없게 되면 어떻게 하고 싶은지 본인의 의사를 물어보는 것이 좋다.

**• 임종 1주 전**

잠자는 시간이 점점 늘어난다. 대화할 수 있는 시간이 이제 얼마 남지 않았다. 하고 싶은 말이 있으면 지금 전하도록 하자. 만나게 하고 싶은 사람이 있다면 서둘러야 한다. 시간이 지날수록 눈을 뜨고 있는 일조차 힘에 부친다.

**• 임종 하루 전**

호흡이 불규칙해지고 숨을 쉴 때마다 어깨나 턱을 움직인다. 환자가 힘들어하는 것처럼 보이지만 괴로워서가 아니라 자연스러운 움직임이므로 너무 걱정할 필요는 없다. 목에서는 침을 잘 삼키지 못해 골골거리는 소리가 나기도 하고, 손끝과 발끝이 차가워지며 푸르게 변한다. 혈압이 떨어져 혈액순환이 되지 않기 때문에 발이나 다리가 붓는 경우도 있다.

• **임종 당일**

청력은 마지막까지 유지된다. 당신의 마음을 전할 수 있는 마지막 시간이다. 이때는 감사하며 보내주자. '살아 있어 줘서, 내 곁에 있어줘서 고마워'라고 감사 인사를 전하면 더욱 좋다.

# 참고문헌


- 나카노 노부코(中野信子), 유카쿠마(ユカクマ), 《뇌는 왜 기분 좋은 일을 그만두지 못할까? (脳はなんで気持ちいいことをやめられないの?)》
- 오다 에이치로(尾田 栄一郎), 《원피스(ONE PIECE)》
- 시가 미쓰구(志賀貢), 《임종의 일곱 가지 불가사의(臨終の七不思議)》
- 매기 캘러넌(Maggie Callanan), 퍼트리샤 켈리(Patricia Kelley), 《마지막 선물(Final Gifts)》
- 다카야나기 가즈에(高柳 和江), 《잘 죽는 법(死に方のコツ)》
- 모리타 히로유키(森田洋之), 《의료경제의 거짓(医療経済の嘘)》
- 기자와 요시유키(木澤 義之), 모리타 다쓰야(森田 達也), 우메다 메구미(梅田 恵), 구바라 미유키(久原 幸), 《3단계 실전완화케어(3ステップ実践緩和ケア)》
- 오츠 슈이치, 《소중한 사람이 죽은 후 후회한 21가지》
- 엘리자베스 퀴블러 로스, 《죽음과 죽어감》
- 히라가타 마코토, 《임종의료의 기술》

## 오시연

동국대학교 회계학과를 졸업했으며 일본 외국어 전문학교 일한통역과를 수료했다. 번역 에이전시 엔터스 코리아에서 출판기획 및 일본어 전문 번역가로 활동하고 있다. 주요 역서로는 『일흔 넘은 부모를 보살피는 72가지 방법』 『치매정복』 『나는 너를 용서할 수 있을까』 등이 있다.

# 천 개의 죽음이 내게 말해준 것들

**초판 1쇄 발행** 2020년 12월 23일
**초판 2쇄 발행** 2021년 2월 5일

지은이 고칸 메구미
옮긴이 오시연

발행인 이재진
본부장 신동해 편집장 이남경 책임편집 장지윤
마케팅 이현은 김남연 홍보 최새롬 박현아 권영선 최지은
국제업무 김은정 제작 정석훈
디자인 this-cover

주소 경기도 파주시 회동길 20 웅진씽크빅
문의전화 031-956-7491(편집) 031-956-7169(영업)

홈페이지 www.wjbooks.co.kr
페이스북 www.facebook.com/wjbook
포스트 post.naver.com/wj_booking

발행처 ㈜웅진씽크빅 브랜드 웅진지식하우스
출판신고 1980년 3월 29일 제 406-2007-000046호


ISBN 978-89-01-24766-3 (03830)

웅진지식하우스는 ㈜웅진씽크빅 단행본사업본부의 브랜드입니다.

- 책값은 뒤표지에 있습니다.
- 잘못된 책은 구입하신 곳에서 바꾸어 드립니다.